The SWOOP!

P.G.Wodehouse

or How Clarence Saved England

スウープ！

P・G・ウッドハウス

深町悟 訳

国書刊行会

スウープ！　目次

まえがき 7

第一部 侵略
第一章 イギリス男児の家 10
第二章 侵入者 18
第三章 イギリスの危機 28
第四章 イギリスの考え 34
第五章 ドイツ軍、ロンドンに到着 42
第六章 ロンドンへの砲撃 50
第七章 侵攻軍の会議 51

第二部 救世主
第一章 ボーイスカウトのキャンプにて 66
第二章 重要な取り決め 79
第三章 この状況の全体像 85
第四章 重要な知らせ 91

第五章　不和の種　98
第六章　砲弾　102
第七章　声　112
第八章　スコッチ・バーでの会談　124
第九章　大決戦　132
第十章　イギリスの勝利　140
第十一章　クラレンス　最後の局面　148

付録

次の侵略　157
アメリカへの軍事侵攻
第一部　驚くべき侵攻　163
第二部　失敗した侵攻　182
訳註　205
訳者あとがき　246

スウープ！

まえがき

この物語で私がイギリス侵攻という恐怖をあまりにも大袈裟に描いている、とお思いの方がいるかもしれません。芸術におけるリアリズムが行き過ぎている、と批判される方もいるかもしれません。しかし私は、イギリスが危機を迎えていると世間の方々に知らしめることを何よりも優先したいのです。これは侵攻によって起こり得る事態を躊躇なく描き出さなければ達成できません。あとは読者の方々がこの物語の扇情的な部分を許容してくれることを願うのみです。加えて、この物語が書かれ、そして世に出るのには愛国心と道義心だけがあったという事実を申し添えておきます。それでも、もし売上がよければ、本書発行人のオルストン・リバーズ社長の繊細な心に大きな喜びが湧き上がるに違いありませんし、私にも同じことが起きるでしょう。とはいえ、国家が危機に直面している時には営業上の危険は覚悟しなければなりません。考えたくはありませんが、赤字になる可能性だってあります。それでもお国の為のわずかな貢献となれば幸いなのです。

西ロンドンの防空壕にて

P・G・ウッドハウス

第一部　侵略

第一部

第一章　イギリス男児の家

一九XX年八月一日――

クラレンス・チャグウォーターはしかめっ面で周囲を見回した。

「イギリスが……僕のイギリスが！」歯を食いしばりながら彼は嘆いた。

クラレンスは十四度目の夏を迎えたたくましい少年だった。きちんとした格好をした彼に不快な印象を与えるような隙は見当たらなかった。彼の装いといえば、つば広の中折れ帽、色付きのネッカチーフ、ネルシャツ、たくさんのリボン、リュックサック、サッカー用の短パン、茶色のブーツ、ホイッスル、ホッケーのスティックというものだ。端的に言えば、彼はベーデン＝パウエル将軍[1]率いるボーイスカウトの一員だった。

彼をその辺にいるただの少年だとは思わないでほしい。背筋を正して読んでほしい。なぜならこのお方は神に選ばれし少年、イギリスの救世主、クラレンス・マカンドリュー・チャグウォーターその人なのだから。

今日、イギリス人なら誰もが彼のことを知っている。オールドウィッチ[2]にあるチャグウォーター記念柱や、チャグウォーター通り（以前のピカデリー）にある騎馬像、文房具店の窓越しに陳列された絵葉書など、誰もが一度は彼の勇姿を目にしたことがある。有益な知恵がぎっしりと詰まり、丸みを帯びたその額、その大きな顎、眼鏡の奥で輝くその目。すべてが言葉では言い表せない《ジュ・ヌ・セ・クワ》ほど素晴らしい。

一言でいえば「クラレンス」と言うほかにない。

ボーイスカウトが学ぶべきことなら彼はどんなことでもたやすくやってのけた。雄牛のように低く唸ることや、モリバトのように喉を鳴らすこ

チャグウォーター記念柱

ともできた。カブ[3]そっくりの鳴き声をあげてウサギを騙すこともできた。八つ目のちかい[4]に従って、笑顔を作りながら口笛を吹くこともできた（これがいかに難しいかは、やってみれば分かる）。嗅覚を頼りに追跡することや、木を切り倒すこと、靴底のすり減り方からその持ち主の性格を言い当てること、さらにこん棒投げ[5]もできた。彼はこれらすべてのことを上手にこなしたのだが、その中でもっとも得意としたのはこん棒投げだった。

蒸し暑い八月のある日の午後だった。飼い猫を追跡していたクラレンスは、食堂のカーペットに残された足跡を入念に調べていた。そしてふと顔を上げると家族の姿が目に入った。

「イギリスが……僕の祖国イギリスが！」と彼は唸った。

その光景は、ボーイスカウトの一員ならば誰もが血の涙を流し得るようなものだった。食卓は壁際にまで動かされ、そうして作られた特設スペースでは、父親のチャグウォーター氏がディアボロ（空中コマ）をやっていたのだ。家長という子供達に模範を示すべき存在であるにも関わらずだ。その傍らでけん玉に夢中だったのは彼の妻である。この家の跡継ぎであり、一家の希望でもある長男のレジー・チャグウォーターは夕刊のクリケット記事を読みふけっていた。次男のホレスは姉のグレースと彼女の婚約者であるラルフ・ピーボディと仲良くテーブル・ゲーム[6]をしていた。もう一人の娘のアリスはバドミントンのラケットを手直ししていた。

つまり、この家族の誰一人としてライフル銃などの軍事訓練をしたり、また包帯の巻き方などの救護訓練をする者はいなかったのだ。

クラレンスは嘆いた。

「そんな声を出すんじゃないよ。なにか別の遊びをしなさい。新記録が出るところだったのに、驚いて失敗したじゃないか」チャグウォーター氏は苛立ちをクラレンスにぶつけた。

「記録といえば」とレジーは言った。「フライ[7]は八回連続のセンチュリーをも

新聞を読むレジー

うすぐ達成するよ。フライがこの調子ならランカシャーは優勝間違いなしだ」

「フライはサマセットの選手だったんじゃないの」とホレスは言った。

「二週間前はね。クリケットのように重要なことはちゃんと情報更新しておかないとだめだぞ」

　クラレンスはまたも苦々しく嘆いた。

「クラレンス。床に寝そべらないほうがいいぞ」チャグウォーター氏は心配そうに言った。「そこは冷たい風が通るからすごく寒いし、お前はひどい風邪をひいてるじゃないか。どうしても床に寝ないといけないのか」

「匂いを嗅ぎ分けているんだよ」と、クラレンスは多少の威厳を込めて言った。

「テーブルで本でも開いた方が、匂いがわかると思うぞ」チャグウォーター氏は皮肉を込めて言った。

「この子は病気に罹ったんだと思う。声がひどく枯れてるじゃないか。大丈夫か、クラレンス坊や」洞察力を見せたホレスは言った。

「僕は考えていたんだ。祖国のことを――つまりイギリスのことを」クラレンスは言った。

「イギリスがどうかしたのか」ホレスは言った。

「イギリスは大丈夫だよ」とラルフ・ピーボディがつぶやいた。

「落ちぶれた祖国！」眼鏡のレンズを義憤の涙で濡らしながら、クラレンスは嘆息した。「落ちぶれて、打ちひしがれた我が国よ」

「この子は」とレジーは新聞から目を離すと言った。「落ちぶれたなんて、的外れもいいところだ。いいかい、今のイギリスはその反対で絶好調なんだよ。あらゆる方面でね。新聞は読んだことある？　ジ・アッシズ選手権[8]やゴルフ選手権、それにウィブリーウォブ[9]、スピロポール[10]、スピリキンズ[11]、パフフェザー[12]、アニマル・グラブ[13]のどの選手権[14]でもイギリスは優勝したことを知らないのかな？　先週の木曜日には、イギリス人ペアがクロッケー[15]でアメリカに八フープ差で勝ったことは知ってる？　前回のオリンピックの三段跳びでイギリスが優勝したのは聞いたことある？　まったくお前は、森の中にでも住んでたんじゃないのか？」

　クラレンスの心は張り裂けんばかりで、もはや声も出なかった。彼は無言で立ち上がると部屋を出て行った。

「なんか怒ってるみたいだな。あの子は変だよ。おっ、ハーストはうまく投げるな。五回で二十三点に抑えてるよ」とレジーは言った。

クラレンスは重苦しい気分のまま家を出た。この家は、チャグウォーター氏がエセックスの住宅街に建てた快適なものだった。ごく普通のイギリスの家で、金蓮花邸と名付けられていた。

クラレンスが通りを歩いていると興奮した少年の声が聞こえた。角を曲がって姿をみせたその少年は新聞売りで、「サリーはいぼくーっ！　フィールドでの衝撃的な投球！」と叫びながら歩いていた。そしてクラレンスを見て立ち止まると、「大将、新聞はいかが？」と声をかけた。

クラレンスは黙って首を横に振った。だが、次の瞬間、彼は驚いて声を上げた。新聞売りの少年が掲げていた広告に衝撃を受けたのだった。

そこにはこう書いてあった。

ホームでの試合
サリーはかなり劣勢

ドイツ軍はイギリスに上陸

第二章　侵入者

クラレンスは少年に半ペニーを押し付けると強引に新聞を奪った。そして急いで紙面を見渡したものの、目当ての情報はなかった。だが、それは最新情報を伝える小さなスペースにあった。「速報」と銘打ったその記事にはこう書かれていた。

フライは無死で百四点。サリーは一四七点で八死。ドイツ軍が午後エセックスに上陸。ロームシャーハンディキャップ競走は一着スプリング・チキン、二着サロメ、三着イップアディ。[16] 計七頭出走。

エセックスに！　それなら敵が今この瞬間にも住宅街の中に、いや、家の中

「ドイツ軍はイギリスに上陸」

に入ってきてもおかしくない。クラレンスは雄叫びを上げながら急いで家に向かった。

彼は一流のマラソン選手さながらの速さで家に戻り、その速度を維持したまま食堂に飛び込んだ。まさにその瞬間、チャグウォーター氏は自身の記録を更新しようとしていたのだった。彼はまたしても息子に妨害された。

「ドイツ軍だ！」クラレンスは叫んだ。「僕たちは侵攻されているんだ！」

今回ばかりはチャグウォーター氏も我慢ならなかった。

「クラレンス！　家の中で大声を出すなと言っただろう。悪い癖だぞ！　何度注意させれば気が済むんだ！　静かにやれないなら、ボーイスカウトなんて辞めなさい！　父さんはな、六回連続で成功してたんだぞ！」

「でも……」

「口答えするんじゃない！　今すぐ部屋に行きなさい。夕飯にありつけるかどうかは、お前の態度次第だ。さあ、行きなさい！」

「でも、父さん……」

動揺したクラレンスは震える手から新聞を落とした。チャグウォーター氏の厳しい態度はあからさまに強まった。

「まだ分からないのか、クラレンス！」

チャグウォーター氏は身をかがめて、右足のスリッパを取り上げた。

クラレンスは引き下がった。

レジーは新聞を拾うと言った。

「あの子はイカれてる！」結論づけるような態度でレジーは続けた。「ほれ見たことか！　フライはノーアウトで百四点取ったぞ。いい調子だよ、大砲チャールズ！」

「あれは？」窓際に座っていたホレスが声を上げた。「変な奴が二人玄関に来てる。軍服みたいなものを着てるよ」

「ドイツ人じゃないの？」とレジーが言った。「今日の午後上陸したって新聞に書いてる。ということは……」

玄関のドアを叩く音が怒号のように家中に鳴り響き、家族は互いに顔を見合わせた。ホールで話し声が聞こえた後、ドアが開いた。

「プリンソット様とエイディコン様です」と召使いが伝えた。

「補足すれば……」髭を生やして背の高い、軍人然たる訪問者が流暢な英語で言った。「ザクセン＝ペニヒの公子《プリンス》オットーとその副官《エイデュコン》で大尉のポッペンハイム伯爵です」

「そうですか、そうですか！」チャグウォーター氏は愛想よく言った。

「どうぞ座ってくださいよ」

訪問者たちは座った。チグハグな雰囲気のなか、しばらく沈黙が続いた。

「今日は暖かいですね！」とチャグウォーター氏は言った。

「たしかに」公子はしかたなく返事をした。

「お茶でもいかがですか？　遠くからいらっしゃったのですか？」

「ええ、まあ——けっこう遠くからですね。それなりの距離ですよ。はっきり言えばドイツからなんですが」

「私は去年の夏休みをドレスデンで過ごしましたよ。素晴らしいところでしたな」

「そうでしょうね。いや、実は——お名前は？」

「チャグウォーターです。それから、私の妻のチャグウォーター夫人です」

公子はお辞儀をした。副官も公子に倣って頭を下げた。

「実はね、ジャグウォーターさん」公子は続けた。「私たちは遊びに来たのではないんですよ」

「おっしゃる通り、おっしゃる通りです。遊びよりも仕事が優先です」

公子は口髭を引っ張った。副官も彼に倣って口髭を引っ張った。この副官には自発的なところがあまりなく、自分から話すことも得意ではなさそうだった。

「私たちは侵入者なのですよ」

「そんなことはない。そんなことはないですよ！」とチャグウォーター氏は否定した。

「警告しておかないといけませんが、軍服を着ていないあなたがこの事態に際して抵抗をみせると……」

「そんなことは夢にも思いません。もちろん、このボロ屋では夢を見ますが」

「あなただって抵抗したい衝動に駆られるでしょう。その気持ちは理解できます。ここはイギリス人のご家庭なのですから」

この言葉を聞いたチャグウォーター氏は得意気に自分の膝を叩いた。

侵入者に襲来された金蓮花邸

「小さくはあれども、これほど快適な家は他にありませんよ」と彼は言い切った。「それでは、早速で申し訳ないのですが仕事の話といきましょう。私が思うにあなたはこの国に滞在するおつもりなのですね?」

　公子は短く笑った。副官もそれに倣った。

「それなら話は早い」とチャグウォーター氏は続けた。「あなた方にぴったりなのはピエ・ダ・テール[17]ですね。この意味がお分かりですか。セカンドハウスですよ。あなたさえよければ喜んでこの家をお貸しします。それもあなたがきっとお気に召す好条件でね。ここではなんですから、どうぞ私の書斎に来てください。私と直接契約すれば手数料も掛かりませんし、それに――」

　丁重に、しかし逃すまいとチャグウォーター氏は公子を廊下へ案内した。

　副官は座ったままぎこちなく絨毯を見つめていた。レジーはそっと彼の隣に席を詰めた。

「ちょっとお話ししても?」彼は言った。「仕事の話でお気を悪くされるかもしれませんが、私はカム・ワン・カム・オール《よってらっしゃい》損害生命保険の代理店に勤めているんです。この会社はご存じですね? うちなら素晴らしい条件で商品をご案内できますよ。こんなチャンスを逃す手はありません。さあ、こちらがカタログです――」

ホレスがにじり寄った。

「大尉――いや、大尉伯爵。あなたのご趣味に合うかわかりませんが、新品同然のオートバイがあるんです。去年の十一月に買ったばかりなんですよ。よかったら……」

ここでスカートの擦れる音がした。グレースとアリスの姉妹がこの訪問者に近づいたのだった。

「ポッペンハイム大尉」グレースが愛想よく言った。「あなたは演劇がお好きじゃありません？　今度『イッシ・オン・パルレ・フランセ[18]』を上演するんです。これは老齢年金者に十分な食事を提供する基金を支えるためなんですの。とても意義あることですわ。それで、チケットは何枚お求めですか？」

「ご不要な分はお友達に売ってもいいんですよ」とチャグウォーター夫人は付け加えた。

副官は目をパチクリした。

十分後、無一文になった二人がよろよろと庭の門まで出てきた。「ようやく、侵攻の恐怖が分かり始めたよ。我々が相手にしているものの恐ろしさがね」「ようやく……」途切れ途切れにオットー公子は言った。

放心状態の二人は、互いに支え合いながら去っていった。

第三章　イギリスの危機

当初考えられていたよりも事態は深刻なことが、翌日の朝刊で明らかとなった。イギリスが直面した危機はドイツ軍のエセックス上陸だけではなかった。他に八つの国が入念に準備した侵攻計画を実行したのだ。しかもすべての軍がまったく同じタイミングでイギリスに上陸するという、信じられないほどの偶然が重なった危機だった。

イギリスは単に一つの敵に踏みにじられたのではない。九つの敵に同時に踏みにじられたのである。あまりにも踏みにじられすぎて、ほとんど足の踏み場もないほどだった。

詳細は新聞で報道された。それによるとドイツがエセックスに上陸していた間、ウォッカコフ大公率いるロシアの強力な部隊がヤーマスを占領した模様だ。

それと同時に、狂気のムッラー[19]はポーツマスを占領し、スイス海軍はライム・リージス[20]を砲撃したのち、移動更衣室[21]のすぐ西側に上陸した。さらにまったく同じ時に、長過ぎる眠りから覚醒した中国が、ウェールズにある絵画のように美しい、小さな温泉地のフルクストゥフラ[22]を急襲した。エヴァンズとジョーンズ[23]で構成されたカーディフの守備隊の必死の抵抗にも関わらず、中国はその地に強固な足場を築いたのである。ウェールズがこうした状況に陥っていたなか、クライド湾のオークタマクティ[24]にはモナコ軍が上陸した。血気盛んな青年トルコ人[25]の一団はスカーバラ[26]を占領した。ここでの惨劇の始まりから終わりまでに要した時間は、グリニッジ標準時におけるわずか二分間という記録的な短かさだった。ブライトンとマーゲートはそれぞれ、ライズニー[27]率いるモロッコの山賊と、はるか遠方にあるボリゴラ島[28]の黒い肌の戦士たちによって占領

カーディフ守備隊

された。彼らは数こそ少ないものの士気は高かった。

事態は深刻を極めていた。

攻撃地点の各所に散らばっていた『デイリー・メール』紙の記者は可能な限り詳細な情報を電信した。フルクストゥフラで行われた、中国の将軍ピン・ポン・パン王子とカーディフ守備隊長のフルウェフリン・エヴァンズの予備的和平会談は、読者に少なからず感銘を与えるものだった。前者は終始完璧な中国語を話し、後者はそれに豊かなウェールズ語で応じた。この会談は「全体としては、苦痛を感じるほどに感動的だった」と記者は伝えた。

侵攻はあまりに突然行われたため、まともに抵抗した例はまったくと言っていいほどになかった。それでも、反撃とかろうじて呼べる出来事がマーゲート

ウェールズに来たピン・ポン・パン王子

では起こったようだ。

各地で猛攻撃が行われた八月のバンク・ホリデー[29]の午後一時から二時ごろに黒い戦士たちはやってきた。彼らの上陸地はマーゲートの海水浴場で、ここも他の場所と同じように、楽しげに騒ぐ人々でごった返していた。そこに戦闘用のカヌーが近づいてきたのである。はじめ海水浴客は勘違いをした。黒人の民族音楽隊の一団が壮大な規模でやって来たのだと思ったのだ。かつて流行したクリスティ・ミンストレルズ[30]を復活させようとしているチャールズ・フローマン[31]によって寄越されたのだ、などと根拠のないことを浜辺の人々は勝手に言い合っていた。しかしその一団が無害なムーアとバージェス[32]ではないことが次第に分かってきた。まずもってタンバリンやバンジョーなどといった楽器が見当たらないことに、人々は疑念を持ち始めた。そして先頭のカヌーの乗員がある男児の頭皮を器用に剝いだことで、その疑念は確信へと変わった。

この危機に際してマーゲートの観光客は立派だった。アンクル・ボーン[33]率いる騎馬隊――馬というのは正しくないが、彼らはロバに跨りかなりの成果をあげた。また、「見切り夫人旅団[34]」は敵の側面を攻撃した。さらに狙いに自信のある者たちで急遽編成された部隊は、一ペニー三回[35]の玉とココナッツを武器に尖兵たちをかなり悩ませた。しかし結局は戦力の大きさがものをいう。戦闘開始からものの三十分で、旅行者たちは逃走して敵に海岸を明け渡したのだった。

オークタマクティとポーツマスでは、侵攻軍になんら面倒をかけなかったようだった。ブライトンでも敵を無傷で上陸させた。

スコットランドに来たモナコ軍の将軍

ヤーマスではスカーバラは若さ溢れる青年トルコ人にとって格好の餌食だった。ヤーマスでは誰かが上手に投げたニシンの燻製[36]がロシアの大公に当たり、彼の頬がひっぱたかれた格好になった。しかしこれ以外に目立った抵抗はなかったようである。

かくして八月一日の午後のティー・タイムまでには、強力な装備を備えた九つの軍がイギリスの地にしっかりと陣地を築いたのであった。

若さ溢れる青年トルコ団

第四章　イギリスの考え

ここまでイギリスが窮地に立たされたことは国民にとって十分に憂慮すべきものだったが、それに輪をかけて不安を与えることがあった。それは、この時点でのイギリス軍の戦力である。この国の陸地を守る戦力はボーイスカウトを除いて事実上皆無だったのだ。

これには前提として、正規軍が廃止されたことを第一に言っておきたい。それに至ったのにはいくつもの原因があるが、まず社会主義者の存在が挙げられるだろう。彼らは軍隊という組織が不公平なものだと訴えたのだ。二等兵が大佐と親密になれないのはおかしい、その格差は生まれた家柄という単なる偶然の産物によるものだ、と主張する彼ら[37]は、すべての兵士を将軍にすべきだと結論づけた。ニューイントン・バッツで雄弁な演説をしたクエルチ同志[38]は、南アメリカのいくつかの共和国を例に挙げ、この制度がうまく機能していると熱心に唱えたのである。

スコットランドは給料の支払いが生じることを理由に軍隊を認めなかった。スミス氏[39]はこの件に関してC・J・B・マリオット氏[40]に辛辣な手紙[41]を何通も送っている。

そうしたわけで陸軍は廃止された。陸上の防衛はすべて国防義勇軍[42]と帝国境界守備隊[43]、そしてボーイスカウトに委ねられることになったのである。

しかし、まず国防義勇軍が挫折した。ミュージック・ホールの舞台で「テディ・ボーイズ」[44]と呼ばれることが、彼らにとって大きなストレスになっていたのだ。

さらに帝国境界守備隊も解散した。強い決意のもと発足した隊だったが、ラ・ミロ[45]がマンチェスター公安委員会により攻撃を受けてからは、放心状態に陥っていた。

これらの経緯から、イギリスの防衛を担う役目は、クラレンス・チャグウォーターが誇りとするボーイスカウトが一身に任うことになった。多数の市民も国のために奉仕する用意ができていたが、愛国的な彼らができる行動といえば、国の要請に応じて旗を振ることだけである。付け加えれば、旗を振る以外に愛国歌をうたえる者もいた。

ニュース記事は夏枯れの真っ只中だった。そこに九つの外国軍によるイギリスへの同時侵攻という出来事が降って湧いたのである。これがメディアの関心を引いたのは至極当然であろう。ロンドンに事務所を構える新聞各社には、毎日数え切れないほど多くの著名人の意見が寄せられた。ここではページの都合上、ほんの一部を紹介するのが精一杯である。

チャールズワス女史[46]はこう書いている。「この危機のなかで選択の余地はありません。私は姿を消します」

ホレイショ・ボトムリー氏[47]は、非常に下劣な裏工作が行われており、今回の隠された背景はまもなく公になるだろうと『ジョン・ブル』誌で述べた。もっとも彼自身は、ボリゴラの王を含め、どの侵入者より幾人かの勅選弁護人[48]の方に関心があった。とはいえ彼は老ミューア氏[49]に肩入れしていたのだが……。またボトムリー氏はドリュー警部[50]が退職した理由を知りたがっていた。『デイリー・エクスプレス』紙はその思慮深い論説において、そもそも自由貿易というもの自体が侵攻という要素を含んでいるのだと述べた。

ハーバート・グラッドストン氏[51]は『タイムズ』紙に寄稿し、これまでも好ましくない外国人を数多く入国させてきたのだから、それが少し増えたところで大した違いはないだろうと述べた。

ジョージ・ロバート・シムズ氏[52]は侵攻軍の将軍の名前を使って十八もの駄洒落を作り、それらを自身の連載コラム「胡椒草」にて惜しみなく披露した。

ヘンリー・ペリシエ氏[53]は物事の明るい面を見るように呼びかけた。空にはまだ太陽が輝いている。それに外国の射撃の名手が検閲官を撃ち殺す[54]ことだってあり得ると。

舞台衣装を着たヘンリー・ペリシエ氏

ロバート・フィッツシモンズ氏[55]は、侵攻軍の将軍の誰とでも戦ってやる、なんなら全員を相手にしてやってもいいと述べた。もし、妻と七人の子供がいるレフリーから負けて欲しいと個人的に頼まれでもしなければ、彼に負ける理由はない。[56]実際にそのような理由から何試合か負けたことがあるのだ。

クリスタル・パレス[57]の役員は株主に対して回状を送り、次のように伝えた。「大勢の外国人が来たのですから、かつての賑わいを取り戻すこと間違いありません」

ウィリズ判事[58]は「侵攻とは何ですか」と尋ねた。

スコッティ[59]がアメリカから心配そうに電報を打った（料金はきちんと支払っていた）。「スコットランドはどうなるんだ？」[60]

ルイス・ウォーラー氏[61]は勇ましくこう書いている。

「何人いるんだ？　六人位ならなんてことはないぞ。暗殺者かね？　何人でもかかってきなさい[62]」

シーモア・ヒックス氏[63]は、ジョージ・エドワーズ氏[64]が侵入者たちから傷つけられないか心配だと語った。[65]

ジョージ・エドワーズ氏は、もし侵入者たちがシーモア・ヒックス氏を傷つけたら自分は生涯悲しみに暮れるだろうと語った。『アンサー』紙[66]の記者は、この国の侵入者をすべて積み上げれば月まで届くだろうと指摘した。

先見の明のある人たちは、この状況に危機感を覚えていた。彼らが特に強調したのは、この侵攻劇が逆風となってクリケットの目玉試合に打撃を与えかねない、ということだった。実はここ数年というもの、ゴルフやテニスといった他のスポーツの人気の高まりによって、クリケットの観戦者数は減少傾向にあった。もはやこれ以上の収益低下は看過できなくなっていたのである。回転式の入場口を通過するために六ペンス支払うはずだった何千もの人々が、代わりに国じゅうを行軍する侵入者を見たいという気持ちに駆られるに違いない。行軍見物には少額の見物料を課すべきだ。そう彼らは結論づけ、侵攻軍の将軍たちに陳情することを提案した。

ギャンブル好きの人たちは、侵攻軍を競走馬に見立てていた。もっぱらの関心事は誰が一番早くロンドンに到着するかということだった。新聞各紙は「走者と賭け」の欄で各軍の最新の位置を報じた。ドイツ軍には一・五倍というオッズがつけられたが、射幸心を煽らない低い配当だったために買い手はほとんどいなかった。

九つもの軍隊が集まると彼らはどんな行動を取るのか。その予想にもかなりの関心が集まった。最近では相手に致命的な攻撃をしてから宣戦布告をすることが恒例になっているが、今の状況はその風潮がもたらした奇妙な結果といえる。イギリスは敵が目前に迫ってくるまで、近隣の国々と素晴らしい友好関係を保っていると思っていた。一方で敵はこの思い込みを最大限に利用したのだ。さらに政府の怠慢が原因となり、就役中の戦艦は完全に時代遅れのものばかりだった。このことも最大限に利用された。まともな船がないという問題について日刊紙の記者たちに質問された政府は、「ある意味では愚かなことかもしれない」と潔く認めた。しかしすぐに「すべてのことを考慮するなど誰にもできない」と声を荒げた。さらに、現在ドレッドノートの建造計画が進行中で、二、三年以内に完成することを明らかにした。計画の責任者であるフィッシャー氏[67]は「建造が終わるまでの間、みなさんにできることは、ベッドで静かに眠ることだけだ」と国民にアドバイスした。フィッシャー氏は頭の切れる男だった。
そうして国民が右往左往している間にも侵入者たちのマラソンは続いていた。
誰が最初にロンドンに到着するのだろうか？

第五章　ドイツ軍、ロンドンに到着

　ギャンブル好きががっかりすることも厭わず、ドイツ軍は一着を目指して奮闘していた。卓越した戦略家であるザクセン＝ペニヒのオットー公子は、首都に早く行くためには電車に乗ってはならないことに気付いていたので、徒歩での行軍を即座に決定した。行軍のあらゆる地点で田舎者が大挙して群がってきたため、邪魔をされそうになったが、うまくかわしながら前進することができた。「いかなる質問にも答えるな」との厳命をドイツ軍の兵士たちは受けており、くだらないおしゃべりのために時間を奪われることがほとんどなかったのだ。一方で他の軍隊の進捗状況は芳しくなかったから、二位以下を大きく引き離して優勝するのは違いないと思われた。この調子で進み続ければ、「祖国の軍隊」と名乗るドイツ軍が二、三日中に首都に着くのは確実だった。

他軍の中でも中国軍の状況は特に酷《ひど》かった。ウェールズ北西部のスランヴァイルプールグウィンゴゴゴーッホ付近で道に迷ってしまった彼らは、出くわした羊飼いたちに道案内を頼んだが、彼らのウェールズ訛りがあまりにも流暢だったため苦戦を強いられていた。中国軍がどうにかチェスターに到着したのは上陸してから優に一週間も経っていた。そしてチェスターでは、格安の団体旅行に参加して首都に向かったため、空腹と足の痛みをこらえながら行軍する羽目になった。ようやく到着した頃には、他の軍が勢揃いしてから四日も経ってしまっていた。圧倒的な最下位である。

ドイツ軍はトッテナムの木々に覆われた高台に陣地を張り塹壕を掘った。このドイツ軍の駐留は、侵攻というものがいかに恐ろしいかを如実に物語っていた。無慈悲な行為などは一切望まないオットー公子の軍だったが、他国への侵攻は結果的に甚大な被害をもたらしたのだ。クリケットのグラウンドは踏み荒らされ、ゴルフ場の芝は侵略者の鉄の踵で至る所が掘り返されてしまった。しかも凹みにディボット（削った芝）があてがわれた例はほとんどなかったのである。彼らの後に残されたのは破壊と悲劇だった。

他国の軍の振る舞いも、ドイツ軍と同程度にひどいものだった。丁寧に管理された森を行進したことで鳥を怖がらせ、保全管理人たちに多大なストレスを与えた。小川を不用意に踏み荒らしたため、そこでの魚釣りができなくなってしまった。クロッケーを楽しむことも絶望的だった。

エッピング[68]近郊ではなんとロシア軍がキツネを撃った……


オットー公子が直面した問題は深刻だった。というのも、彼はかつて受けた訓練と教育によって、ある固定観念に縛られていたからだ。それは、もしイギリスに侵攻するなら単独で行うか、あるいは彼の考えに共鳴した国と組んで行うというものだった。ドイツと関係のない他国の軍がイギリスにいる、という場合にどう対処すべきか、彼はまったく考えていなかったのだ。競争というのは健全なものだが、健全さにも限度がある。とはいえ、他国に引き下がるよう求めるのも気が引けたし、だからといって自分が手を引くことも嫌だった。

「『ハゲタカの急襲』[69]みたいな馬鹿げた真似をしたからだ」そう呟いた公子は落ち着きなく野営テントの前を行ったり来たりした。そして頻繁に立ち止まっ

ウェールズで道に迷う中国軍

ては、眼下に広がる町を双眼鏡越しに眺めた。
「この侵攻を計画した奴は誰だ！　指揮した私が馬鹿だと思われるだろう！
まあ他の軍だって面目丸つぶれだ。これは不幸中の幸いだと言うべきだろうか。
どう思う？　ポッペンハイム君」
ポッペンハイム大尉は彼に近づき敬礼した。
「閣下、恐れながら申し上げます。部下たちはロンドンの砲撃を進言しており
ます」
「ロンドンの砲撃だと？」
「はい閣下。これが我が軍の常套手段ですから」
公子は熟考した様子で口髭に手をやった。
「ロンドンを爆撃とは！　それは――なんというか――つまり、他軍の楽しみ
を奪うということだな」
彼は立ったまま考えふけった。ポッペンハイム大尉もそれに倣って考えふけ
った。公子は小石を蹴り飛ばした。ポッペンハイム大尉もそうした。しかし、
公子のものよりも小さな石である。ドイツ軍において上下関係は絶対である。

「ポッペンハイム君」

「なんでしょう、閣下」

「様子はどうだ？　その……ライバルたちの」

「はい、申し上げます。ロシアは左翼の方角から迫っております。ここに到達するのに数時間とかからないでしょう。ライズニーは鶏を盗んだ容疑でパーリー[70]で逮捕されました。ボリゴラ軍はここから十マイルの場所にいます。戦況についての報告はまだありません」

　公子は考え込んだ。そして部下に接するいつもの態度をやめ、心中を吐露し始めた。

「ポップ、これは二人だけの秘密だよ」さまざまな感情が込み上げてきた公子の目には涙が浮かんでいた。

「こんな馬鹿げた侵攻を始めてしまって本当に愚かだったよ。こっそりと作戦を進め、機が熟したら一気に叩く。ようやく敵はすべてを悟るが時すでに遅し。そんな戦争をやってのけるくらいにドイツ人は賢いんだと思っていたよ。それがこんな馬鹿げたことになるなんて。僕らはね、対岸の火事の中にわざわざ飛び込んでしまっただけなんだよ」

ポッペンハイム大尉は、彼に同情を寄せつつ敬礼した。彼らの仲は大学時代に遡《さかのぼ》る。互いに生涯の友情を誓いあう仲だった。ポッペンハイム大尉は旧友の悲しみに寄り添う気持ちを言葉で示したかった。「そんなことないよ。気にするなよ」という言葉が喉まで出かかった。だが、この言葉はすんでのところで引っ込んだ。ドイツ軍の鉄の掟が彼の喉を締め上げたのである。彼にできたのは、再び敬礼をして踵を鳴らすことだけだった。

公子は非常な努力で立ち直った。

「ロシア軍がもうじきここに来ると言ってたな?」と彼は言った。

「二、三時間もすれば来ます、閣下」

「兵士たちは本当にロンドンを砲撃したいのかね?」

「兵士にとってはいい褒美となるでしょう、閣下」

「そうか。まあ、もし我々がやらなければ他の軍がやるだろう。それに最初に到着した我が軍の特権ともいえるな」

「おっしゃる通りです、閣下」

「よし――」

「閣下、電報です」駆けつけた伝令が敬礼をしながら言った。

公子は興味なさげに開封した。そして次の瞬間、彼は目を輝かせた。

「ラグナロク《なんてことだ》！」彼は声をあげた。「そんな発想はなかったな――[71]『ロンドンヲ　ハカイサレタシ　シツギョウシャガ　ハタラケル　グレイソン　ヨリ』」

電報を読み上げた公子は言った。

「ポッペンハイム君」

「はい、閣下」

「砲撃を開始せよ」

「かしこまりました」

「砲撃はロシア軍が到着するまで続けよ。到着後は直ちに中止するのだ。面倒事が起こるからな」

ポッペンハイム大尉は敬礼をして去った。

第六章　ロンドンへの砲撃

かくしてロンドンは砲撃された。しかし幸いだったのはこれが八月だったことである。街には誰もいなかった。

これが他の月だったならば多くの人命が失われていたかもしれない。

第七章　侵攻軍の会議

ドイツ軍が砲撃を終えた三十分後、ウォッカコフ大公の率いるロシア軍がハムステッドに到着した。アリバイが認められて釈放されたライズニーを含め、他の侵攻軍もそれに続いた。中国軍でさえ八月六日の土曜の夕方には足を引きずりながら首都にたどり着いた。かくしてすべての侵攻軍がロンドンに集結した。すると、これから何が始まるかに世間の関心は集まった。もっとも、イギリス人はマナーのよい民族である。この問題について表立った議論はせず無関心さを見せた。それに彼らは基本的に観光が好きな民族でもある。外国の侵入者を眺めるだけでも楽しめたのだ。侵攻により複雑な国際問題が引き起こされたはずだが、そんなことに思いを巡らせる者もいなかった。ロンドンでは馬車が倒れれば、二分と経たず五百人もの市民が自分の用事も忘れて群がってくるのである。そんな彼らの前に今度は九つもの異なる軍隊が集結したのだ。それ以外のことを考える余地はまるでなかった。

　この見世物につられて閑散としたロンドンに多くの人が戻ってきた。そしてドイツ軍の砲撃による素晴らしい成果を目の当たりにした。砲撃の何が素晴らしかったかといえば、ロンドンのいたるところにある銅像のほとんどを破壊してくれたことである。木製舗装路に大きな穴が開いてしまったことは悪い点とも言えよう。だがロンドン郡議会が大規模な街づくり計画[72]を実行中だったため、道路の穴とドイツ軍を結び付ける人はいなかった。

　つまるところドイツ軍の砲兵隊がやったことは、ロンドンを美しくしただけだった。慈悲深い一発の砲弾によってアルバート・ホール[73]は見事に崩壊し、絵

アルバート・ホール跡

画のような美しい廃墟となった。またウィットフィールズ・タバナクル[74]が黒焦げの山となったことや、王立学術院[75]が炎上したことで、人々の心は実にさっぱりした。トラファルガー広場で開かれた国民集会では、オットー公子への心からの感謝が述べられ、大きな拍手が沸き起こった。

このように市民は砲撃を歓迎したが、侵略者たちの心境はずいぶん違っていた。ロンドンに集まった彼らは一触即発の状況に身を置いていたのだ。ほんの少しの摩擦でも大爆発しかねない。それでいて彼らのほとんどは、赴任国の政府から釈明を迫られた外交官のような後ろめたさもあった。とにかく、状況は九頭の犬の眼下に一本の骨が落ちているようなものだ。嚙まれるのがその骨だけで済むことなどあり得ない。

ザクセン＝ペニヒのオットー公子は、この問題を片付けようと固く決意した。というのも、彼の元には毎日欠かさず「かの国を征服したのか？　そうでなければ理由を述べよ」と君主からの高圧的な電報が届いていたのだった。そのような電報を送りつけたところで事態の改善に寄与するところは何もない。公子はこの迷惑な君主に対して、イギリスを征服するのに困難な点を用心深く説明したが、それには次のような返事が届いた。「スグニ　コウドウシロ　イクニシテモ　ヒクニシテモ　ヴィルヘルム　ヨリ」

打開困難な事態に二の足を踏んでいた公子が、直ちに行動を起こすことにしたのは、このように君主の厳命があったためだった。

公子は慎重に言葉を選んで手紙を書いた。その手紙は地元の郵便配達の少年たちによって届けられ、夕暮れ時になると将軍たちからの返信が続々と届いた。ここまでは順調だった。だが、公子は自分の見通しの甘さに気付かされた。返事のほとんどが支離滅裂で意味が分からなかったのである。手紙など遠回りな手段は取らず、直接会わなければ事態は収拾できない、と彼は悟ったのだった。

ライズニーは手紙の冒頭で返事の遅れを詫びた。なんでもドッグ島で強盗に励んでいたらしい。さらに、人のよさそうなスイスの将軍を騙して金をせしめ

手紙を託すオットー公子

る計画を持ちかけてきた。彼はドイツ人とモロッコ人が協力すればうまくいくと自信を持っていた。「大好きなマクレーン[76]を思い出すぜ」とかつての成功例を挙げ、こう締めくくった。

「金が目の前に転がってるんだよ。一緒にやるしかないだろう？　明日の朝までに返事をくれ」

　モナコ軍の将軍は、問題を解決するにはゲームで脱落者を決めるのが一番だと考えていた。このゲームに持ってこいなのはスリッパリー・サム[77]で、初心者でも三十秒で理解できると太鼓判を押した。

　中国のピン・ポン・パン王子からの返事は深い学識に基づいた素晴らしい内容だと思われた。ただし、明時代の漢字で書かれていたので公子には理解できなかった。もし彼に漢字の知識があったとしても、左から右に読んでいたため理解できなかっただろう。

　青年トルコ人たちは、予想に違わず生意気でふざけた手紙をよこしてきた。殴り書きした文字はまるで中学生が書いたかのようだった。その内容は主に自軍の参謀長に仕掛けたいたずらの詳細な説明だった。「参謀長はむちゃくちゃ怒ってたよ」と陽気な調子で締めくくられていた。

ボリゴラ軍の野営地から戻ってきた郵便配達の少年は頭皮がきれいに剝ぎ取られていた。「王は読むことも書くこともできない」という内容の返事を少年が口頭で伝えた。

ロシア軍のウォッカコフ大公はロシア人らしい流麗で皮肉の効いた返事を送ってきた。「親愛なる公子、あなたは心配のあまり他の軍を引っ掻き回したいようですね。ところでロシア人を引っ掻く[78]とどうなるか、あなたはご存じですよね？」

狂気のムッラーからの返事は意思疎通できる可能性をどこにも感じさせなかった。どうやら彼は友人のディロン氏[79]との会談に加え、ソマリランドからの長旅で精神に支障をきたしたようだ。ムッラーの返信は「私はティーポットです」という言葉から始まったが、それ以外に意味が通る箇所は手紙のどこにも

ろう人形館に入るボリゴラ人

見当たらなかった。

公子は強い疲労感に見舞われ、頭痛のする額に手をやった。

「会談を開かなければ」彼は呟いた。「もう、それしかないんだ」

その翌日、ドイツの宿営から夕食会の招待状が八通送られた。

夕食会としてのこの集まりは成功とは言い難いものだった。食事の途中、スイス軍の将軍は自分のダイヤの指輪がなくなっていることに気付いた。彼は左隣のライズニーを疑わしい目つきで睨んでいた。ボリゴラ王の食べ方はかなり酷かった。食べたいものがあると、彼はすぐに素手で摑んだ。しかも彼が食べたがったものは、目に入った料理のほとんどすべてだったのだ。青年トルコ人のリーダーの振る舞いも洗練とは程遠いものだった。彼はデザートの時間にならないと現れないと言われていた。[80] 予想を裏切って早く来たのはよかったが、憮然とした態度で、席に着いてからもほとんど話さなかった。この失態とアルコールを分けて考えるのは無理がある。この会談前に彼が許容量以上のシャンパンを飲んでいなかったというのは真実への冒瀆となるだろう。またモナコ軍の将軍はトランプを持参し、ピン・ポン・パン王子にギャンブルをしようとしつこく誘ってその場の空気を乱していた。さらにムッラーの狂人的な笑い声は、人々に過度な忍耐を要求するものだった。

この食事もようやく終わりの時を迎え、オットー公子は安堵した。卓布が取り除かれ、ウェイターが去り、一同が喫煙したり歓談する時間となった。

高等外交に関わったことのある人なら、外交辞令が何をおいても重要だということを承知している。そして外交辞令というのは、不用心な相手を騙すことに特化した言語なのである。

公子は「ケント州の穀物は豊作だそうですね」とウォッカコフ大公に向かって静かに言った。大公のように外交で場数を踏んだ者なら、その真意が「さて、この件についてですが、あなたはどのような提案をするつもりですか？」という意味であることは察知しただろう。

ジョッキでクレム・ド・マント[81]を飲んでいたトルコ人の代表は別として、ムッラーとボリゴラ王などは前のめりでロシア人の返答を待った。事態が大きく動くかもしれないのだ。

　ウォッカコフ大公はリラックスした様子で煙草を弾《はじ》き、灰を落とした。

「そうらしいですな」彼はゆっくりと答えた。「しかしシュロップシャーでは飼料用のビートが不作だそうで」

　この典型的なロシア外交のやり口に公子は顔をしかめた。

「殿下はローラースケートをなさるそうですが、上達されましたか？」慎重さを崩さず公子は尋ねた。

　ロシア人は微笑を見せた。

「ひどいものですよ」と彼は答えた。「まったくひどいもので、先日は時計回りに滑ろうとしたんですが、誰かが地面をひっくり返したのかと思いましたよ」

　公子は顔を紅潮させた。

　彼は素朴で率直な男だったから、このような無意味で遠回しなやり取りが嫌いだ

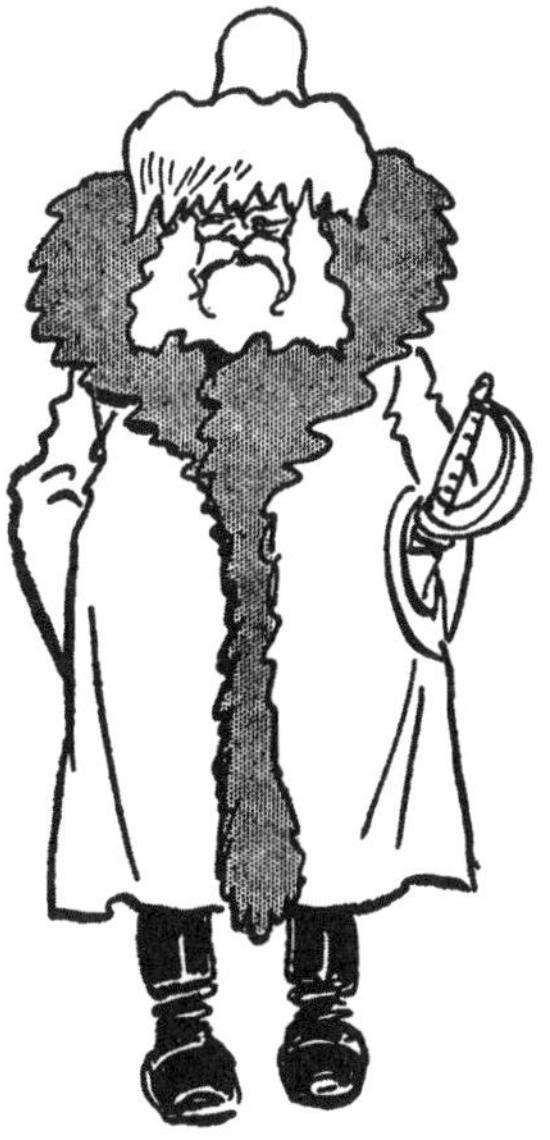

ウォッカコフ大公

素敵な夕食会

ったのだ。

「なぜ鶏は道路を渡るのですか？」[82] つっけんどんに言った彼は、もはや相手に怒りを悟られても構わないという態度だった。

ロシア人は少し眉を上げて微笑んだだけで返事はしなかった。公子は逃げる隙を与えまいと決意し、問い詰めるような口調で言った。

「数字を思い浮かべてみてください」彼は大声を出した。「それを倍にして、十を加えて下さい。それから、その数字に最初の数字を引いて、さらに三で割って下さい。あなたの答えは？」[83]

座に戦慄が走った。このロシア人は話をはぐらかすことにかけては達人の域に達していた。だが、これほど直接的な挑発を受けたとなれば、彼とて煙に巻くことはできそうになかったのである。

ロシア人は煙草を捨てて葉巻に火をつけた。

「私が知っているのは」と話し始めた彼の声にはどこか挑発的な響きがあった。「手詰まりとなったサフラジェット[84]たちは、アスキス首相を誘拐してサフラジェット讃歌を聞かせることを提案したということです」

テーブルの一同は驚きのあまり息を飲んだ。

「高く飛べば少なくなるから、ですよね？[85]」公子は不気味なほど落ち着いて尋ねた。

「高く飛べば少なくなるからですよ」ロシア人はさらりと言い返した。しかし、その穏やかな口調には嵐の前の静けさを感じさせる響きがあった。

一同はまた息を飲んだ。緊張は極限に達しつつあった。

「殿下は率直にお話しになるのですね」公子はゆっくりと凄味を効かせて言った。

その時だった。青年トルコ人のリーダーが椅子から転げ落ちた。緊張が破れ、みなが驚きのあまり一斉に立ち上がった。ライズニーは混乱に乗じて銀の灰皿を失敬した。

この事故はしかめっ面を緩ませる効果をもたらした。激しい口論を繰り広げていた二人は自分たちが怒りに身を任せていたことに気付いた。

公子は和やかな笑みを浮かべて[86]大公のグラスに注ぎながら言った。

「優雅さという点ではトランパーの方が優れてますが、正直に申し上げて私はフライの力強い打ち方の方が好きなのですよ」

　この意見に同意するようにロシア人は握手を求めながら言った。

「二敗差であと三ゲームあります。それに赤玉は奥のコーナーポケットのすぐそばです」大公は屈託のない笑顔を見せて言った。彼はこの笑顔がもっとも効果を表す時を心得ていたのである。

　二人はにこやかに握手を交わした。

　合意は形成された。二人の会話から明らかなように、ロシアは自分の番となったロンドン砲撃の権利を放棄した。これで両軍の和解を阻む最大の障壁は無くなった。そして、ドイツ軍とロシア軍というもっとも大きな二つの軍が連合を組むとなれば、彼らが侵攻軍のリーダーとなることは必然だった。これもすでに出た話であるが、繰り返し説明しよう。彼らの結論は次の通りだった。時代の潮流に従って肌の色で線引きをする。そうすると、中国、ソマリア、ボリゴラ、それにライズニーと青年トルコ人の軍は排除される。そして彼らにはイギリスから撤退するのに一週間の猶予が与えられた。有色人種がこの決議に異を唱えることはできなかった。ドイツ、ロシア、スイス、それにモナコの連合軍はあまりにも強大だったし、頼みの綱である中国軍は消耗しきって役に立たなかったからだ。彼らはウェールズで迷子になり、徒歩でロンドンに来たためひどく足を痛めていたのだ。白人相手に本格的な戦闘をするのは無理だった。

こうして有色人種たちは帰国することになり、残った四つの軍が合同で侵攻を続けることとなった。


その夜、ベッドに入ったザクセン＝ペニヒのオットー公子は上機嫌で眠りについた。交渉を万事うまくまとめることができたのだ。彼の心には未来の明るい見通しが描かれていた。

しかし彼は誤算をしていた。それはたった一つ、クラレンス・チャグウォーターの存在を計算に入れていなかったことだ。

第二部　救世主

第一章　ボーイスカウトのキャンプにて

夜！

オールドウィッチの夜！

ロンドン市民がオールドウィッチと呼ぶ打ち捨てられた広大な平原[87]のど真ん中で、暗闇と荒廃を強調するかのように一幅の火影が辺りを照らしていた。

ボーイスカウトのキャンプファイヤーである。

風が吹き付ける寒い夜だった。それに数時間も前から小雨が降り続いていた。

この日は九月一日だった。イギリスが侵略者の手に落ちてから、ちょうど一ヶ月である。侵攻軍のうち有色人種に属するものはすでに撤退していたか、あるいは撤退しようとしていた。イギリス国民は彼らが去っていくことに、どこか残念な気持ちを抱いていた。ペルシャ王の訪問[88]以来、彼らの会話にこれほど魅

隊員を従えるクラレンス

力的な話題が上ったことはなかったからである。この機会に名声を得た記者は少なくなく、ボリゴラ王の記事だけで単価が莫大な額になっていた。一方、劇場ではこれまで足を運ばなかった下品な層が大勢押しかけるようになり、活況を呈していた。ウォルドルフ劇場では『陽気な未亡人』[89]が二週間も上演され、この作品に新たな息吹が吹き込まれた。セルフリッジ[90]はこれまでの慎重な方針を捨てて、一列の四分の一にまで拡大した広告を二つの週刊誌に出した。

撤退した青年トルコ人たちはイスタンブールの学校に戻った。教室では授業も聞かず、貧乏揺すりをしながらペレット[91]を投げ合っていた。古巣の山に戻ったライズニーは無能な代理指導者のせいで誘拐業が衰退したことを残念がり、この事業を再興しようと奮闘していた。中国軍、ボリゴラ軍、そして狂ったムッラーの部隊は大海原に出るところまでは順調だったが、船酔いという新たな試練に直面していた。

実のところ撤退したのは有色人種だけではなかった。観光客が多くなる冬の書き入れ時を逃したくなかったスイス軍は侵攻を諦めた。イギリスに残ったのはドイツ軍とロシア軍、そしてモナコの部隊だけとなった。

侵攻勢力が縮小していく一方、ボーイスカウトの構成員は広範な活動に従事していた。

ロンドンには数百万もの人が住んでいる。だが、ボーイスカウトという組織がいかに巨大で国の隅々にまで行き渡っているかを理解しているのは、その中でもごく限られた人だけだ。ブラック・ハンド[92]を除いてボーイスカウトのように綿密に組織された秘密結社は世界にも例がないだろう。このことを一般の人々は知らないのである。

　この組織は蜘蛛の巣のように張り巡らされており、その範囲はイギリスじゅうにおよぶ。あなたはホッケースティックを持って街を練り歩く少年を見かけたことがあるだろう。そのように目立つスカウト隊員は協会内部のいわば貴族的存在で、構成員のごく一部に過ぎないのだ。実はイギリス国内のあらゆる少年、そして多くの大人がこの組織の指揮下にある。またその資金は無尽蔵と言っても過言ではない。入会時に行う宣誓によって、小遣いや給料から一部を共同財源に納めることが義務付けられているからだ。この義務はすべての少年に適用され、一人の例外もない。例えば、あなたの会社で小間使いの少年を雇い、三シリング六ペンスを毎週土曜日に渡すとしよう。あなたはその給料がそっくり母親に渡ると思うに違いない。だが実際は違う。少年はまず二シリング六ペンスで安煙草[93]を買う。そして残りの一シリングをボーイスカウトの金庫に入れるのだ。あなたがイートン校にいる甥を訪ねて五ポンドかそこらの小遣いを渡せば、彼はそれで靴下でも買うだろうか？　まあ、そうするかもしれない。しかし、その五ポンドの四分の一は共同財源になるのだ。

　ボーイスカウトの力を理解してもらうために別の例も挙げてみよう。仮にあなたがロンドンの会社経営者だとする。業種は卸売とでもしておこう。出社したあなたは朝からとても機嫌が悪い。そこで事務所にいる小間使いに八つ当たりして憂さ晴らしをする。その少年は反抗的な言葉を口にすることもないし、何か復讐を考えている様子もない。しかしその夜、帰宅途中のあなたが地下鉄に乗ると、痛風持ちのあなたの足を体格の良い労働者が思い切り踏みつける。ラッドブリック・グローブ[94]では馬車から泥をかぶせられる。家に着くと置いてあった鶏肉が猫に食べられていて、執事は退職を申し出てくる。これらの一連の不運に何らかの関連があるなどとは、あなたは思いもしないだろう。だがすべてのことは繋がっている。それはその朝の小間使いに対する非道な仕打ちの結果なのだ。し

小間使いを叱る社長

かし、もしあなたがボロを着たマッチ売りの子供の頭を撫でてやり、六ペンス与えたとしよう。すると翌日にはあなたの家に匿名でシャンパンが届くことになる。

　ボーイスカウトは、怒らせるととても怖いが、決して厚意を忘れないのだ。

　一面を覆う闇の中、誰かがイグアノドンの鳴き声を発した。柔らかな音が辺りに響いた。キャンプファイヤーの前を行ったり来たりしていた歩哨は立ち止まり、声の聞こえる方に目を凝らした。そして歩哨はシマウマが繁殖相手を探すような哀愁漂う声を発した。

　すると暗闇の中から歌声が返ってきた。「イーン、ゴンニャーマ、ゴンニャーマ[95]」

「イン、ボーブー」歩哨はそれに応えて声を上げた。「ヤブー！　ヤブー！イン、ボーブー[96]」

　暗闇の中から人影が現れた。

「そこにいるのは誰だ？」

「仲間だ」

「同志よ、前進して合言葉を唱えよ」

「マフェキング[97]を忘れるな。そしてインジュン[98]に死を」

「同志よ、通れ。合格だ」

　この人影がキャンプファイヤーの明かりに照らし出された。その姿に驚いた歩哨は直立敬礼した。歩哨の顔に表れたのはグランダルメ[99]の若い兵士がナポレオン本人を見た時のような、崇拝にも似た畏怖の感情だった。なぜ歩哨がそれほどまでに萎縮したのかと不思議に思うかもしれない。というのも彼が見たのは紛れもない、クラレンス・チャグウォーターその人だったのだ。

「名前は?」体格の良い若い戦士を見つめながらクラレンスは言った。

「ウィリアム・バギンズ二等兵です」

「バギンズ二等兵か。いい見張りだ。君のような人間こそイギリスには必要なんだ」そう言いながらクラレンスは、歩哨の耳をつねって非礼を許した。クラレンスに触れられた少年は感激のあまり顔を赤らめた。

「それでは現状を報告せよ」

「はい。各隊ここに集まっています」

「分かった。隊の名前を列挙せよ」

「はい。チンチラ仔猫隊、ボンゴ隊、シマウマ隊、イグアノドン隊、ウェールズ・ラビット隊、カミツキガメ隊、それから半数の第三三ロンドン・ガゼカ[100]隊です」

　クラレンスは頷いた。

「よろしい」と彼は言った。「みなはどうしている？」

「ある隊はボーイスカウトの劇をやっています。またある隊は体幹体操をしています。一つか二つの隊は瞑想訓練をしています。他の隊員はみな伝統のボリス・ダンスをしています」

　クラレンスは頷いた。

「素晴らしい働きぶりだ。私がここに着いたこと、そして、話があることをみなに伝えて欲しい」

　歩哨は敬礼した。

　肩幅に開いた足、後ろに組んだ手、しっかりと引いた顎。物思いにふけるクラレンスの立ち姿は、立派そのものだった。彼はロンドンを代表する夕刊紙の一員として記者の下級アシスタントの職についている。そんな彼は侵攻後に与えられた十日間の休暇をエセックスの実家で過ごした。それが明けて仕事に復帰してからは、もう三週間も家に帰っていない。日中は新聞社に籠り、競馬の勝敗やスポーツの情報が印字されたテープを読み続けるという、気の遠くなるほど退屈な仕事をこなした。そして退社する午後六時になると、ようやく祖国のために奉仕する時間が始まるのだった。

隊員たちが集結した。キリッと直立した彼らはクラレンスの命令をいつでも実行する心構えができていた。

クラレンスは隊員たちの敬礼に神妙に応えた。

「スカウト・マスターのワグスタッフ！」彼は一人の隊員を呼んだ。

スカウト・マスターとは様々な小隊からなる部隊の責任者である。ワグスタッフが前に出た。

「戦闘の舞[101]を始めよ」

ワグスタッフの指揮の下、戦闘の舞が披露された。クラレンスはその様子をぼんやりと眺めたが、実はダンスの類いがあまり好きではなかった。やらなければならない決まりだったので、嫌なことはさっさと済ませておきたかったのだ。そして一連の舞が終わると彼は手を上げた。
「諸君」彼は明瞭な、そして、遠くまで響き渡る甲高い声で言った。
「君たちは私と違って最新の情報に通じているわけではない。それでも我がイギリスが、高慢な侵略者に踏み躙《にじ》られていることは、もはやここの誰一人として知らぬ者はない。そして、その苦しみからこの国を救うのが我々の任務なのだ」（歓声と「インパブー」という声が上がる）
「諸君には今すぐにでもホッケースティックを手に取って敵軍に突撃せよ、と呼びかけたいところだ。だが、軽率さは破滅を招くだけだ。敵軍たちはあまりに強大だ。我々は好機を待たなければならない。しかし突撃の日は近いうちに必ずやって来る」（拍手が起こる）
「ロシアとドイツの間には不和が生じ始めている。我々の任務はこの不和をさらに大きくすることだ。一分の隙もないほどに統率の取れた我が組織ならば、この程度の任務は容易に遂行できるはずだ。遅かれ早かれ両軍の間に燻る憎しみは大きく燃え上がる。そして……」

　自分の演説に感極まりながらも彼は言葉を続けた。

「そうなればすぐにも泥仕合が始まる。そしたらあいつらの股間を蹴り上げてやろう。つまり私が言いたいのは、敵が互いに消耗し合うような戦いが起きたそのとき、我々が敵陣に出向いて奇襲をかけるのだ」

　集まった隊員たちから大きな喝采が起こった。

「諸君にはぜひ覚えておいて欲しい……」クラレンスはゆっくりとした口調で演説を締めくくった。

「我々の出番が近づいている。イギリスは我々に期待しているし、その期待を裏切らないことが我々の務めだ。あの侵略者の群れの中ではあちこちで敵意が生まれている。それを注意深く燃え上がらせれば、なんとか分断することができるだろう。そして、その好機を逃さぬよう準備しておくように。私からは以上である」

「スカウト総長殿は」とワグスタッフ隊長は言った。「自信を失わず前向きに物事を捉える方だ。どんな局面においてもだ。諸君らもこの方を見習っていつ

クラレンスの立派な立ち姿

でも元気にいるように。そして、時が来たらあのロシアやドイツの悪党どもを徹底的に成敗してやろうではないか。分かったか？　よろしい！　ではこれからも命令に忠実であれ！」

「イーン、イーン、ゴンニャーマ、ゴンニャーマ」士気が高まった隊員たちは叫んだ。「イン、ボーブー！　ヤーブー！　ヤーブー！　イン、ボーブー！」

これが若いイギリスの――そのまた若い世代のイギリスの声である。彼らは警戒を怠らず、各自の任務に邁進した。

第二章　重要な取り決め

歴史家が二十世紀の初頭について書き記すならば、おそらくこの時代を「ミュージック・ホールの時代」と呼ぶだろう。というのも今回の大侵攻が行われた時のイギリスを支配していたのは、まさしくミュージック・ホールだったからだ。どの町にも、そのまた郊外にもミュージック・ホールがあり、それも一つと言わず複数あるのが普通だった。観光への民衆の欲求はどこかで満たされなければならない。その最も手軽な役割を身近なミュージック・ホールが担っていたのだ。このような施設は名士と庶民が同じ空間を共有する場所としても機能していた。もし短気な紳士が金槌で祖母を殺したとして、中央刑事裁判所で渦中の麗しい顔を拝むことができるのは、ごく一部の人々に限られている。この知的な楽しみを広く大勢の人に味わってもらおうと思えば、できることは一つだ。その紳士に莫大な報酬を支払って、ミュージック・ホールにご出演願うのだ。もし彼が幸運にも無罪放免となれば、喘息持ちの司会者が口上を述べたあと、舞台に登場することになる。そして愛想の良い笑顔を大衆に振りまきながら、まったく聞き取れないほどの小さな声で、途切れ途切れに十分間話をして退場するのだ。この紳士に続くのは、返済のあてもないのに年間一万ポンドもの浪費を続けて破産したご婦人が登場するか、あるいはそれと似たような才知に富んだ計略をめぐらせた人が出てくるのである。

侵攻軍の将軍たちをミュージック・ホールに出演させる、という誰でも思いつきそうなアイデアは、意外にも九月の半ばに入ってようやく出てきたのだった。

これを最初に思いついたのは、新進気鋭の若き劇場エージェントであるソリー・クエインだった。ソリーはヴィクトリア朝時代に劇場界隈の顔役だったエイブラハム・コーエン[102]の息子である。彼の息子のエイブ・カーンやベンジャミン・コクアン、それにジャック・コインやバーニー・コワンはみなロンドンの金融業に就いたが、ソリーだけは父親の跡を継ぎ、この業界で名声を欲しいままにしていたのだった。ダートムーア[103]で二十年間も隠居生活をしていた有名なカツアゲ師のブリンキー・ビル・マリンズを口説いて専属契約を結び、マクギニスの巡回講演を三十六ヶ月ものロングランで成功させたのはソリーだった。また、八ポンドもの生肉を七分十五秒で食べたジョー・ブラウンという才能を発掘し、劇場でその特技を披露する最初の機会を与えたのもソリーだった。

　彼の事務所の前には種々雑多なコメディアンたちが面接してもらおうとかれこれ一時間半も待っていた。だが、彼の脳裏には侵攻軍の将軍との契約を結ぶという考えが閃いた。ソリーは行動派だった。それから一分もしないうちに彼はマンモス・シンジケート劇場の支配人と電話で話をしていた。

「お願いだ！」ソリーは声を上げた。「出演させれば大成功するよ。どこの劇場だっていいから使ってくれよ」

　五分後にはザクセン＝ペニヒのオットー公子の出演に週給五百ポンドを支払う同意を取り付けた。そして、十分後にはストーン＝ラファティの巡回公演に出演することを条件に、ウォッカコフ大公に週給四百五十ポンドを出すとの条件も整えた。さらに十五分後にはコメディアンたちを押しのけ、ハムステッド

コメディアンたちを押しのけて急ぐソリー

のロシア軍駐屯地に行くためタクシーに転がり込んだ。

ウォッカコフ大公はこの訪問者を丁寧に扱った。だが最初は出演の話に乗り気になれなかった。芸人になるということに抵抗があったのだ。禿頭のカツラを被って、自慢の愛人を見せびらかすだのといった歌をうたわなければならないのだろうか？　だとすれば彼にやり抜く自信はなかった。彼が人前で歌った経験といえば、モスクワ大学の学生だった頃にボート部の馬鹿騒ぎで披露したのが唯一だった。もう二十年も昔のことだ。あの時は勇気づけにストレートのウォッカをデキャンタで一本半も飲まなければならなかった。彼はクエイン氏に正直に打ち明けた。

だがこの劇場エージェントは大公の不安を一笑に付した。

「いえいえ、大公閣下」彼は快活な調子で言った。「そのようなことは一切ありません。あなたは舞台の主役ですが、コメディアンではありません。あなたは一流の講師として、現代社会についてコメントするアーティストとして登壇するのです。タイトルは『いかに私はイギリスを侵攻したか』でいきましょう。照明を落として、背景に映画を流すのです。映写機のフィルムなら簡単に修正できますから」

これに安心した大公だったが、「分かりました。だけどね……」とさらなる懸念を伝えた。

「ミュージック・ホールの出演者は幕の合間に魚のフライを、その――指で食べるのがマナーだと聞いたよ。やらないとダメかね？　私にはできる気がしないよ」

クエイン氏は交差点の信号係さながら、大公を迅速かつ正確に誘導した。

「そんな心配など無用です！　もちろんやる必要はありませんよ！　一流の舞台人はスプーンで食べるのです。どんな場所でも名士として通るあなたなら、舞台の上だって変わらず名士なのです。さあ大公閣下、どうです？　契約成立ですか？　週に一度の舞台出演でうちの事務所にはゴブリン[104]が八百七十五枚も入ってきて、あなたの取り分はそのうちの四百五十枚です。ジャラジャラですよ。決めてください！　これ以上の金額はどこでも出ませんよ。少なくともイギリスではね」

大公はしばらく考えた。というのも今回の侵攻は思っていたよりも費用がかかっていたのだ。商売人の国と呼ばれるイギリスを攻める以上、覚悟はしていたつもりだった。だが店に行けばどこでも通常より高い値段が設定されていたし、それにチップだってたんまりはずまなければならなかった。もし週に四百五十ポンドもらえるならば、それは願ってもないことだった。

「それで……どこにサインしたらいいんだね？」彼は契約書に手を伸ばした。

その五分後、タクシーでトッテナムの方に急ぐクエイン氏は道中、スピード違反するよう運転手をけしかけていた。

第三章　この状況の全体像

クラレンスは新聞社の仕事でテープの情報を読んでいたところ、あの二人の出演を偶然摑んだ。一般人よりも早く知ることができたのは彼の特権だった。それを報じる新聞の見出しは次の通りだった。

ミュージック・ホールに衝撃
将軍たちと巨額契約
舞台役者連盟[105]は激怒
水鼠たち[106]の反応は？
ハリー・ローダー氏[107]のインタビュー

テープから文字を読み取ったクラレンスは不敵な笑みを浮かべた。これが終わりの始まりだ、と彼は確信した。そもそも、競合する連合軍の間に溝を作り、敵愾心を植え付けるのは朝飯前だ。それが今度はミュージック・ホールのライバル同士を仲違《なかたが》いさせるだけでよくなったのだ。こんな簡単な仕事は世界中を見渡しても見つからないだろう。

このニュースが一般大衆の間で大きな話題となったのは言うまでもない。列車でも乗合バスでも乗客同士の会話はこの話題で持ちきりだった。新聞各紙も一面に掲載した。ニュースを聞いた人々が思い描いたのは、将軍二人が漫才コンビを結成する、というものだった。だがそんな期待とは裏腹に、二人がそれぞれ別の劇場に出演することが明らかにされた。これに世間はがっかりしたが、さまざまな噂が新たに飛び交った。その中の一つはウォッカコフ大公の特技に関するものだった。彼は剣を飲み込むのが得意で、愛好家として長年にわたり練習を重ねてきたらしい。彼がイギリスに来た本当の目的は侵攻ではない、舞台契約だったという話がまことしやかにささやかれた。オットー公子に関する噂で目立っていたのは、ジョージ・ロービー[108]風の歌手としてポツダムでは確固たる名声を得ていた、というものだった。またどちらの将軍も自転車の曲乗りでは熟練の域に達している、とも言われていた。

このように多くの憶測を生んだ二人だったが、ついに正しい情報が発表された。実は二人とも何ら特技を持っていなかった。彼らはただ出てきて講演するだけだったのだ。

これを知ったミュージック・ホール業界の反発は激しかった。舞台役者連盟は再びストを起こすべきか熱い議論を交わした。水鼠兄弟大教団はメイデン・レーンのパブにこっそりと集まった。そして一時間半におよぶ秘密裡の会議を経て十五もの決議案を可決した。ハリー・ローダー卿は『エラ』紙のインタビューに応じ次のように意見を述べた。「大公も公子のどちらもノータリンだ。

ジョージ・ロービー風のオットー公子

だから講演なんて長話はしないほうがいい。俺はさっさとアメリカに行こうと思ってるよ。向こうなら本物の舞台人が通りで喝采を浴びたり、ハギス[109]が出る夕食会に招かれたりするわけだ。それに犯罪者や外国から来た素人のバカどもと競合しなくて済むからな」

クラレンスはこの事態を神の啓示のように受けとめ、努めて冷静であろうとした。だが、侵入者の勢いが弱まってきたことには喜びを禁じ得なかった。将軍たちの舞台初日が各紙で報じられた翌日のこと、どこからもオファーが来ないことに業を煮やしたモナコの将軍は自ら劇場へ赴いた。トランプの手品を得意としていた彼は、それを交渉の道具とする腹づもりだった。しかしどの支配人も彼を冷たくあしらった。

水鼠兄弟大教団の知らせを見る会員たち

ブラウン・アンド・デイは「また別の機会に」と断り、フォスターは「残念ながら忙しくて会えない」との電信を寄越した。デ・フリース[110]の劇場では狭い控え室で二時間も待たされた。彼が案内されたその部屋には、喋りすぎて過呼吸気味のコメディエンヌたちと、汚い山高帽をかぶった青髭の男たちでぎゅう詰めだった。彼らはオーカムやジョン・オ・グローツの劇場で成功した話、嫌になって舞台を降りた話など、声高に喋っていた。

イギリスを去るハリー・ローダー卿

これでは場末の芸人と同じ扱いである。憤慨した彼は、翌日イギリスを捨てて軍を引き上げた。

こうして侵入者たちの力は少しずつ弱まっていったのだった。

「まだか?」クラレンス・チャグウォーターは受信機から出てくるテープに目を走らせながら呟いた。

「まだか？」

相手にされないモナコの将軍

第四章　重要な知らせ

毎日午後一時になると、クラレンスは新聞社のオフィスを出て、近くのエアレーテッドというパン屋で食事をとるのが習慣だった。二人の将軍が別々の劇場で初舞台を踏んだ翌日も、クラレンスは普段通りにエアレーテッドに行った。朝刊を持参した彼は、牛乳とスコーンとバターの昼食を取りながら公演の記事を読んでいた。

将軍たちは緊張した様子だったが、観客の評判は良かったようだ。特にウォッカコフ大公は人気で、批評家からT・E・ダンヴィル氏[111]を彷彿とさせるとまで評された。この記事の締めくくりでは、二人のギャラにあらためて言及していた。二人の週あたりの出演料はどちらも八百七十五ポンドで、イギリスのミュージック・ホール史を塗り替える最高額であるとのことだった。

クラレンスがこの記事を読み終えたまさにその時、タランチュラが我が子を呼ぶような微かな音が聞こえてきた。

クラレンスは顔を上げた。音が発せられたのは真向かいのテーブルだった。薄汚れた格好をした十五歳くらいの少年がじっと見つめていた。

クラレンスは眼鏡をはずし、レンズを拭いて、そしてまた鼻に掛けた。彼がそうしている間にも、再びタランチュラが鳴くようなか細い音が聞こえた。今度はクラレンスが返事をする番だった。用心深い彼は表情も変えず、遊泳中に驚いたイカナゴが発するような低いうなり声を発した。

二人のやりとりはこれで十分だった。少年は立ち上がると右手を肩の高さに上げた。そして手のひらを前に向けて、親指を小指の爪の上に乗せ、残った三本の指を立てた。

クラレンスは帽子の後ろのつばを摑んで二度素早く上下に動かした。

確信を得た少年はクラレンスのテーブルにやって来た。

「さよなら《ピップピップ》！」とその少年は隣のテーブルに届かないほど小さな声で鳴いた。

「さらばだ《トゥードゥルー》！　そして国王陛下万歳」とクラレンスはささやいた。

　二人のボーイスカウトが公の場で出会うときに必ず行われる、神秘的な儀式が終了した。

「タランチュラ第十八団のビッグス二等兵です、閣下」相手がクラレンスだと認めた少年は最大限の敬意を込めて名乗った。

　クラレンスは頷いた。

「掛けたまえ、ビッグス二等兵」彼は寛容な態度を見せた。「何か報告することはあるか？」

「はい、閣下。事態を左右しかねない知らせです」

「では言いたまえ」

　スパークリング・リマドー[112]とバース風パンを持って移動してきた彼は、リマドーを一口飲むと話し始めた。

「私はあるところで働いています」と彼は言った。「劇場エージェントのソリー・クエイン氏のところです。彼の事務所で事務補佐員をしています」

　クラレンスは考え込むように額を指先でトントンと叩いた。しばらくすると顔を上げて言った。

「思い出した。将軍たちの出演契約をまとめたのが彼だったな」

「おっしゃる通りです」

「続けなさい」

　少年は話を再開した。

「私の仕事は事務所の入口に作られたウサギ小屋のような場所に座って、訪問者の名前を記録することです。仕事の肝はクエイン氏から声が掛かるまで彼らを留めておくことですが、実は私の仕事の中で、これがもっとも大変なのです。客の中には見た目や仕草が完璧なハリボテがどれほど多いことか。会った途端にクエイン氏と約束がある、なんて言葉が口から出てくるのです。そんな手練手管に富んだ乞食どもが相手なのです！」

　クラレンスは、彼の苦労がよく分かる、と言わんばかりに頷いた。

「今朝は曲芸師の一人がクエイン氏に会わせろとあまりに騒ぐものだから、事務所に彼の名刺を持っていく羽目になったのです。その時クエイン氏は、弟のコクアン氏らしき紳士と話をしていました。二人とも話に夢中で私が入って来たことにしばらく気付きませんでした。聞き耳を立てるつもりはなかったのですが、つい聞いてしまったのです。二人は将軍たちについて話をしていました。『ベンジャミン、そうだよ。将軍たちの斡旋で一人につき八百七十五ももらえるんだよ』そうクエイン氏が話すのが聞こえました。『これは俺とお前だけの秘密なんだが、あの金がそっくりそのままあいつらに渡るわけじゃないんだ。ドイツの野郎には五百までは出すが、ロシア人にはせいぜい四百五十だな。俺はロシア人の方が稼ぐと思ってたよ。あいつはどこか笑えるところがあるからな。でも客の好みなんて分からんもんだな！』そしてクエイン氏が私に気付きました。彼は私を見てちょっと顔をしかめていました。実のところ、このために私はクビになったのです。事務所を追い出された私は、まっすぐあなたに会いに来ました。あの話には重大な意味があると思ったものですから」

クラレンスの目は輝いた。

「ビッグス二等兵――いや、ビッグス伍長。君はよくやった。仕事を失ったことで落ち込まないでほしい。組織がすぐにあてがうと約束しよう。君が持ってきたこの知らせは何にも増して重要なものだ。素晴らしいよ！」興奮した彼は声を上げた。「これは奴らの急所だ。私の名誉に賭けてもいい。明日か明後日にも事態は動くぞ」

クラレンスは感極まって立ち上がった。しかし、立ち上がってもすることがないので座り直した。

「ビッグス伍長――いや、ビッグス軍曹。私と一緒に祝おうじゃないか。君が持ってきた情報がイギリスを救うかもしれないんだ。さあ、何か頼みたまえ」

この少年は嬉しそうに敬礼した。

「それではお言葉に甘えまして、スパークリング・リマドーをもう一杯」と彼は言った。

飲み物が運ばれると二人はグラスを掲げた。

「祖国のために」とクラレンスは簡潔に乾杯を述べた。

「祖国のために」と部下はクラレンスに合わせた。


店を出たクラレンスは足早に、急いではいたが冷静さを失わないよう意識しながら、ウェリントン通りにある『アンコール』紙の事務所へと向かった。

「なにか?」受付の少年は怪訝な口調で言った。

クラレンスはボーイスカウトの儀式をした。すなわち合言葉を言った。するとたちまち少年の態度は一変した。彼はあらん限りの尊敬を込めた敬礼で迎えられた。

「編集長に会いたい」クラレンスは短く要件を述べた。

この言葉こそ、祖国を救うことになる一言だった。

第五章　不和の種

クラレンスがアンコール社を訪れた数日後、侵攻軍と民衆の間に生じた不和は急速に広がっていた。初めのうちは、外国に占領されたという目新しさや興奮が民衆を支配していたのだが、その気持ちも徐々に冷めていった。そして、イギリス人の特徴である頑固な独立心が再び大きくなっていったのだ。生粋のイギリス人としては、自分たちの国が外国に支配されることには不快感が付きまとう。「あの外人どもが一体なんの権利でこの地を踏み荒らしているのだ?」という不満の声が噴出した。こうした民衆の苛立ちは募る一方で、国全体を覆い始めていた。

この侵攻が持つ意味をようやくイギリスが理解したことと、ハリー・ローダー卿が祖国イギリスを去ったこととの間には深い関係があったと言わなければならない。この偉大なコメディアンが『タイムズ』紙に宣言したことには嘘偽りがなかった。「ミュージック・ホールの舞台は外人のアホどもに乗っ取られてしまったから私はこの国を出るのだ」と彼は同紙に単刀直入に語ったのである。彼は祖国に同情していた。また祖国を愛していた。そんな彼がイギリスに対して贈ることができた精一杯の言葉は「達者でな」という短いものだった。前回、国を出た時に彼が言ったのは「私が戻ってくるまで達者でな」という言葉だったから、その違いに気付いたイギリスは震えたのである。

　自国の将来を悲観する声は次第に大きくなっていた。

　侵攻軍に対する不満は他の要因によっても高まった。例えば、クリケットの試合中の出来事である。ケンジントンの競技場で[113]行われたサリー対ランカシャーの試合では、ロシアの連隊がサイト・スクリーンを横切る形で行進したのだ。ヘイワードが無得点となってしまったのはこれが原因だった。また、ドイツ軍の工兵団がクイーンズ・クラブの芝生を掘り返して塹壕を作ったせいで、テニスコートが台無しになってしまった。

　不満の声はますます高まった。

侵攻軍の方とてイギリス駐留が楽しかったわけではない。ロシア軍では夏風邪が流行していた。この地の晩夏の気候は例年のごとく厳しいもので、シベリアの穏やかな気候で育ったコサック人たちにとってはなおのこと辛かった。一方でドイツ軍も同様に辛い状況に置かれていた。トッテナムのドイツ兵の咳はオックスフォード通り114にまで響き渡るほどだった。

イギリス国民の態度も彼らの神経を参らせた。侵攻に際して民衆が激しい抵抗を見せることは分かっていたし、苦しくとも血がたぎるような激しい戦いを乗り越えなければならないと覚悟していた。征服が成功した暁には、街頭ですれ違う人々から恨みのこもった目で睨まれることにも耐える心構えができていた。しかし予想とは裏腹に、彼らが出会ったのはイギリス国民の見下すような目つきだったのだ。侵入者たちに動揺が広がった。異国の地で緊張している外国人にとって、軽蔑と哀れみがこもった冷たい視線はあまりに耐え難いものだった。そのような事態が続いたことで、兵士たちの自信は著しく下がってしまった。これは言わば三等席の料金で一等席に座り、見咎められまいかと案じながら汽車旅をする心理状態にも似ている。彼らは自分の手足の大きさといった、普段なら意識しない部位までも意識するようになっていた。ロンドンの中心地を行進する時には、恥ずかしさのあまり耳が赤くなるのを感じた。人々の冷ややかな視線の下、彼らに生じた感情を端的にたとえるならば、次のようなものといえる。それは知り合いが誰もいない夕食会にカジュアルなツイードのスーツで来てみたら、他の出席者は全員が正装していた、という状況において生じる感情である。恥ずかしさで身体は火照り、自分に向けられる視線が痛々しい。

おまけに彼らが侵攻した時期も悪かった。九月初旬のロンドンといえば、気晴らしを見つけるのは現地に詳しい人間でも難しい。いや、それは語弊がある。実際に何もすることがないのだ。劇場はほとんどが閉まっていて、通りは泥まみれで汚い。将軍たちは毎晩のようにまばゆい脚光を浴びて充実した日々を送っていることだろう。しかし一般の兵士には、この時期のロンドンを占領しても退屈以外に何も見つからないのである。

こうしてロンドンでは人々の不満が爆発しかけていた。街全体が火薬庫と化していたと表現しても大袈裟ではない。そしてその火薬に火をつけるマッチ棒は、クラレンス・チャグウォーターの手に確《しっ》かと握られていたのだ。

第六章　砲弾

クラレンスがアンコール社を訪ねたのは金曜日だった。そしてその新聞の発行は木曜日である。『アンコール』紙といえば、ミュージック・ホール界における『タイムズ』紙といった存在だ。紙面では呪うような言葉を浴びせ、また一方では賞賛の言葉（とても簡素な）を添えることもある。舞台役者連盟の最近の行動を非難するこの新聞は、現代におけるゼウスの雷といっても過言ではない。さらにこの社のモットーは「滅茶苦茶にしてやれ。芝居用の軍用犬どもを解き放て[115]」という好戦的なものだった。

クラレンスが勤める新聞社は、木曜日にロシア軍の大公にインタビューする予定が入っていた。クラレンスがウェリントン通りを訪問した歴史的事件のおよそ一週間後である。しかし記者不足のため、誰がインタビューに行くかはまだ決まっていなかった。というのはちょうどその頃、ヒューバート・ウェールズ氏がその題材も内容もあまりに卑猥な小説[116]を出版したばかりだった。これが大きな騒動となったのだが、その背景には、ロイヤル・チャペルの副司祭長で、聖職者学寮の副寮長、王立福祉局の副局長と錚々たる役職を兼任するエドガー・シェパード名誉神学博士[117]が説教壇でこの小説を公然と非難したことが挙げられる。さらにある朝刊紙が「小説の検閲官を置くべきか」という記事で議論を喚起したことから、慣例に従って他の新聞社も便乗記事を書くことになったのだ。こうした経緯から記者たちは著名人の意見を集める必要に迫られた。特に毒にも薬にもならない意見が重宝された。

記者たちは著名人の声を聞くためにみな出払っていた。編集長は困り果て、「誰かいないのか」と苛立たしげに言った。

副編集長は考え込んだ。

「生意気な青二才のチャグウォーターがいますよ」（この編集部ではイギリスの救世主がそう呼ばれていたのだ）

「じゃあ、あいつを向かわせよう」と編集長は即決した。

ウォッカコフ大公は毎晩十時きっかりにマグナム劇場に出演していた。彼は舞台の目玉だったのである。クラレンスはボーイスカウト隊の閲兵をしていたため、劇場に着いたのは十時五分前と出演ギリギリの時間になってしまった。それで彼が衣装部屋に入ったのと入れ違いとなり、すでに大公はステージに向かっていた。

大公の楽屋は広かったが、他の男たちと共用の衣装部屋だった。ここマグナムには個室の楽屋がなかったのだ。クラレンスは「進撃のズアーブ隊[118]、砂漠の第一劇団」が使っている編みかごに腰を下ろし、大公を待つことにした。この部屋にはクラレンス以外にも四人の男がいた。彼らはこの劇団の役者で、若くて運動神経のよさそうな男たちだった。出番を終えて着替えをしていたが、クラレンスがいることには気付いていなかった。

ズアーブ兵の一人が口を開いた。

「ビル、今夜は調子悪かったな。なんでここはクソ寒いんだ?」

「まったくだ」と仲間は答えた。「ゾクゾクするよ」

「あのクソ殿下は上手くやるかね？」

クソ殿下が大公のことなのは明らかだった。

「まあ上手くいくだろう。客はあいつの気取った態度が好きだからな。新進気鋭の軍人様やその人気にあやかった奴らのせいで劇場の質も落ちたもんだ。ハリー、ヘアブラシ持ってるか？」

ハリーと呼ばれた背が高くて無口なズアーブ兵がヘアブラシを渡した。

ビルは話を続けた。

「月曜の夜にムガールに行ってあいつの様子を見に行ってやろう。あそこでも出演するんだってな。本当にうんざりだ。あんな上流の奴らがやってきて俺たちの食い扶持を奪うんだからな。俺は平等が欲しいだけなんだよ。あいつは八百七十五ゴブリンって莫大な金を毎週もらうんだと。これのどこに正義があるんだ？」

「八百七十五って言うけど、実際はもっと安いんだぜ」と最初に口を開いたズアーブ兵が言った。「今週のクソ新聞は読んでないのかよ」

「いや、読んでないな。何か面白い記事でもあったのか？　うちの広告はどうだった？」

「ああ、広告はまあまあだ。それよりも『アンコールが知りたいこと』って記事はみたか？　クソ殿下が顔を真っ赤にするぜ」

　彼はドアに掛けてあったコートのポケットから新聞を取り出すと、小躍りを始めた仲間に手渡した。

「おい、読み上げてみろ」と彼は言った。

　もう一人は新聞を持って明かりに近寄った。そして舞台の世界など何も知らない素人が読むように、一語ずつゆっくりと声に出した。

「『アンコールが知りたいのは次の疑問の答えである。ザクセン＝ペニヒのオットー公子が出演した先週のロベリアでの公演が特段の成功を収めたのだろうか。その成功でマネージャーのクエイン氏はもっと大きな帽子を買うことができたのだろうか。彼がマネージャーをしているオットー公子はウォッカコフ大公よりも週に五十ゴブリンも多くもらっているというのは事実なのだろうか。もしこれが事実でないのならば我々に情報提供してくれた少年はなぜ公子は週に五百枚もらっていて大公が四百五十枚しかもらっていないと断言したのだろうか。そして最後の疑問は公子はロシアの友人より週に五十枚も多くもらう価値があるのだろうか』これは衝撃的な内容だぞ！」

驚いた一同は静まり返った。情報を渡したクラレンスにとって（文章は編集長が書いたのだが）、この記事は驚くに値しなかった。ただ提供した素材をうまく仕上げてもらえるのだろうかと彼には気がかりだった。記事の内容を聞いた彼は安堵した。繊細さが求められる執筆作業をプロの手に委ねたのは正解だった、と彼は満足した。

「これは痛恨の一撃だな」とハリーが言った。「戻って来る前にあいつが見やすい場所に貼り付けておこう。誰かペンと画鋲をくれ」

彼はその記事の四分の一ほどをペンで太く囲み、大公が使う鏡の縁に画鋲で留めた。そして仲間に向かって言った。

「戻ってくる前に出よう。いいな？」彼はそう提案した。「あいつの見た目から判断すると、見栄っ張りの傲慢だ。金に意地汚そうだし、ちょっとでも損をしたと思ったら、ピカピカの伝家の宝刀で誰かを真っ二つにしかねないぜ。俺はさっさと着替えを済ませて、また明日の夜にあいつの様子を見てみるよ。俺の大事な一物まで真っ二つにされたらかなわねえ」

彼の提案は筋が通っていた。大公の出番の終わりを告げる長い音楽が聞こえ始めると、「進撃のズアーブ隊」はみな大慌てで着替えて部屋から出ていった。ウォッカコフ大公はまだ鳴り止まない拍手に耳を傾けながら満足げに部屋に戻ってきた。彼は自分の有能さに陶酔していたのだった。

だが大公がクラレンスの存在に気付くのに、少しも時間はかからなかった。

「ああ」と彼は言った。「インタビューか?　何を聞きたいんだ?」

クラレンスが訪問の理由を説明し始めると、大公は化粧を落とそうと洗面器があるドレッサーに移動した。舞台に上がるときに彼が好んで塗ったのはレイヴン・ジプシー三番というドーランだった。これは、自然な風合いを保ちつつ顔を浅黒く見せることができる代物だ。この肌色こそ一般人が抱くロシア人将軍のイメージにピッタリだ、と彼は考えていた。

記事はこの洗面器のすぐ上に留められていた。

鏡越しに彼を見ていたクラレンスは、大公が最初の段落を読む様子をじっくり眺めることができた。レイヴン・ジプシー三番が塗りたくられた顔に浅黒い赤みが浮かび上がってきた。彼は怒りで震え始めた。

「この記事を貼ったのは誰だ！」彼は振り向きながら怒鳴った。「あのー、ヒューバート・ウェールズ氏の小説に関してお伺いしたいのですが……」とクラレンスは何も知らないふりをした。

大公はヒューバート・ウェールズ氏と彼の小説、そしてクラレンスを一息に罵倒した。

「あなたは」と続けたクラレンスは、有能な記者然として表向きの主題から逸れることがなかった。

「国王陛下のロイヤル・チャペルの副司祭長であり、聖職者学寮の副寮長、王立福祉局の副局長であられるエドガー・シェパード名誉神学博士の、辛辣ではあるものの真を突くところもある発言はお読みになりましたか？」

大公はすかさず「聖公会の重鎮でもある」とシェパード氏の多くの称号にだめ押しで付け加えた。

「この記事を鏡に貼ったのはお前か？」と彼は怒鳴った。

「この記事を鏡に貼ったのは私ではありません」とクラレンスは質問に対して

正確に答えた。

「そうか」と大公は言った。「お前じゃなかったのか。もしお前が犯人なら、鶏を絞めるようにその首を切り落として、それから首から下を切り刻んでこの部屋中にばら撒いてやるところだった」

「貼らなくてよかったです」とクラレンスは言った。

「鏡に貼られた記事は読んだかね？」

「鏡に貼られた記事は読んでいません」とクラレンスは質問に正確に答えた。彼のインタビュアーとしての主な欠点はオルレンドルフ的すぎることだった。

「しかし、私は記事の内容を知っています」

「あれは嘘っぱちだ！」大公は声を上げた。「デタラメだ！　あいつを名誉毀損で訴えてやる。誰か別の人間が書いたんだろうが、書かせたのはあいつに違いない！」

「仕事上での嫉妬とは」クラレンスはため息交じりに言った。「とても悲しいですね」

「嫉妬してるのはあいつの方だ！」

「聞いたところによると」クラレンスはさりげなく言った。「公子はロベリアでとても評判がいいみたいですよ。私の友人が昨夜見に行ったのですが、十一回もアンコールがあったそうです」

　これを聞いたロシアの大公の顔は怒りで一瞬真っ赤になったが、それを並々ならぬ努力で押さえ込んだ。

「待ってろよ！」彼は恐ろしいほど落ち着いた声で言った。「明日の晩だ。目にもの見せてやる！　昨日はアンコールが十一回だと？　そうか、うまくやったじゃないか。はっはっは！　じゃあ、明日の十一回は俺からのプレゼントだ！　ふふふ……」

　彼の口調は悪魔的な調子を帯びてきた。ボーイスカウトで強靭な精神的強さを身につけたクラレンスでさえ、背筋がゾッとするほどの声色だった。

「アンコールじゃなくてブーイングだけどな！」

　狂人のような笑い声をあげながら、この嫉妬に狂った舞台人は椅子に身を投げてブーツを脱ぎ始めた。

　クラレンスは黙ってその様子を見つめた。運命の時は間近に迫っていた。

第七章 声

ウォッカコフ大公は座してゆめゆめ機会を逃すような性格ではなかったし、守備向きというよりはむしろ攻撃向きの人物だった。迅速かつ冷酷で、敵に悟られないよう隠密にことを進めるのに長けた彼は、ロシア人の評判に違わぬ男だった。その日の真夜中までには彼の命令が部下たちに周知された。

計画の実行先はロベリア劇場の一階席が選ばれた。

夜が明けるとドン・コサック軍第八団[120]と第十五団に現金が支給された。ギャラリー席[121]とピット席[122]の入場料に相当する額だった。彼らは恐れを知らぬ獰猛な戦闘集団で、紳士の対極に位置する存在だ。

ウォッカコフ大公の準備は整った。

　この歴史的な夜にバート・ケネディ氏[123]が偶然ロベリアを訪れたことは、英文学史上稀に見る幸運な出来事だった。夕食後に何気なくこの劇場に立ち寄った彼は、事件の一部始終を目撃することになる。そして夜も十一時になろうとする頃、必死の形相をした男がカーメリット・ハウス[124]の正面玄関に駆け込んできた。エレベーターを使う時間を惜しんだその男は、「紙とインクとペンをくれ！」と叫びながら階段を駆け上がった。

　翌朝の『デイリー・メール』紙の見出しは混乱を極めた。というのも冒頭の五ページは、すべて同一の事件に当てられたからだ。どの見出しにもお茶を濁した曖昧な表現はなく、読者に真実を投げかけるものばかりだった。

命令を下すウォッカコフ大公

ロベリアで事件
オットー公子に
ロシア兵たちのブーイング
報復の可能性は？

このような見出しが他に十七もあり、そしてバート・ケネディ氏の特別記事が続いたのであった。
彼は次のように書いている。

忘れられない夜だ。肝を冷やした夜。二度と味わえないかもしれない夜。恐怖と驚きに満ちた夜。九月に入って十一日目の夜。昨日の夜。
あれは九時半だった。私は食事を終えた。私は夕食を食べたのだ。私の夕食！　夕食とは人生の散文と浪漫が複雑に絡み合ったものだ。私の夕食！　あの夜、私は夕食を食べたのだ。あの素晴らしい夜に。九月に入って十一日目の夜。昨晩！

　私はあのクラブで食事をした。サイコロステーキ。茹でたジャガイモ。キノコを乗せたトースト。ブルーチーズを少々。ボトル半分のボーヌ産ワイン。そして私は椅子に背をあずけた。頭の中で議論をしていたのだ。ミュージック・ホールに行こうか？　それとも演劇へ？　あるいは読書室で本を？　あの夜。九月に入って十一日目のあの夜。私はクラブの読書室で本を読もうと決断した。あの夜は。九月十一日の夜は。昨晩は！

　しかし運命が私をロベリア劇場へと誘った。運命！　私たちは運命の玩具にすぎない。サッカーボールだ。私たちは運命のサッカーボールなのだ。運命は私をガイアティー劇場へ送ったかもしれない。しかし運命は私をロベリアへ向かわせたのだ。私たちを支配する運命が。

　支配人にジャーナリストである私の名刺を渡した。彼は私を通した。彼は不遜な態度など一切見せない。彼は私の顔を見て中に入れてくれた。この温厚で礼儀正しい支配人が。

　私はロベリア劇場にいた。一人の招待客。私は入場料無料の招待客としてロベリア劇場にいた。

記事には劇場の内装や装飾、それにミュージック・ホールでは普段何が行われるかといった追記情報が長々と書かれている。だがそこは割愛させていただこう。観客について述べる箇所からケネディ氏は本題に戻る。

ロベリア劇場の気さくで礼儀正しい支配人が提供する舞台を鑑賞しようと、多くの観客が集まった。彼らはどのような人たちだったのか。ああ、観客よ！　彼らのためにこそ舞台は捧げられるのだ。ミュージック・ホールにおける帝王たち。おお、観客よ！

ここから筆者は観客というテーマについて、熟考を重ねた興味深い意見をいくつも述べている。だがこれも省略してよいだろう。

一階席にはロシア人将校の集団がいた。ステップ[125]からきた軍人たちである。髭を蓄えた男たちである。ロシア人である。黙って座る彼らに寛いだ様子はなかった。ほとんど拍手はしなかった。見世物に彼らが興奮することはなかった。自転車乗りの曲芸師。威勢のいい喜劇女優にベルグレイビア[126]の女神。講釈をぶつ大学生。新進気鋭のコメディアン。カナリアを使って芸をする男。誰も彼らを喜ばせることはできなかった。彼らは待っていた。待っていた。神妙に待っていた。全身の筋肉を強張らせていた。力を蓄えていた。待っていた。何のために？

　私のそばにいた男が、ドア係から話を聞いたという男から聞いた話を、彼の友人に話した。ピット席とギャラリー席はロシア人で一杯だそうだ。ロシア人。ロシア人だらけ。なぜ？　彼らは本当に舞台を観に来たのだろうか？　あるいは秘密の目的のために来たのだろうか？　戦慄が走った。私たちはみな待っていた。待っていた。一体何を？

　あの時の雰囲気を一言で言い表すことができる。不吉。あの時の雰囲気は不吉だったのだ。

ああ！　ざわめく満座の劇場。嵐の前に波立つ海面。シグズビー姉妹、ミンストレル・ショー、そして比類なきバーレスク団が踊り終え、笑顔を見せてキスを投げかけた。唐突に舞台から姿を消しては颯爽と現れ、笑顔を見せては再びキスを投げかけ、そして出て行った。オーケストラの長い音色が響いた。嘆くような響き。過去となった出来事を嘆くような響きだった。二人の制服姿の案内係が現れた。彼らは手に紙のボードを持っていた。あの案内係は紙のボードを持っていたのだ。それもまっさらな台紙ではない。それぞれのボードには数字が書かれていた。

「十五番」

十五番とは誰か？

ザクセン＝ペニヒのオットー公子。ドイツ軍将軍のオットー公子。オットー公子は十五番である。

客席から割れんばかりの拍手が贈られた。ただし、ロシア人の席を除いて。彼らはじっとしていたのだ。彼らは待っていた。一体何を？

オーケストラが軽快な音楽を奏でる。巨大なカーテンが開く。背の高いハンサムな軍人が舞台に颯爽と現れる。彼はお辞儀する。その背が高くてハンサムな軍人がお辞儀する。彼はザクセン＝ペニヒのオットー公子、ドイツ軍の将軍である。イギリスの征服者の一人である。

彼は話し始める。「こんばんは」と。この男が、この将軍が言うのである。「こんばんは」と。

しかしそれ以上は言わない。それ以上は。それ以上は何も言わないのである。それ以上は。彼は「こんばんは」と言うが、それだけである。

彼はなぜそれ以上言わないのだろうか？　これで彼の出番は終わりなのだろうか？　彼がやるのはこれだけなのか？　週に八百七十五ポンドものの給料を受け取って彼が言うのは「こんばんは」だけなのだろうか？

否！

彼はまだ話すはずだ。彼にはまだ言いたいことがある。これはほんの始まりに過ぎない。この背の高いハンサムな男はその胸に内なる音楽を秘めていて、まだそのいくらも解放していないのだ。

なぜ？　それならなぜ彼は何も言わない。「こんばんは」と言っただけで、なぜ彼はそれ以上何も言わないのだ？　それ以上は。それだけで、それ以上は。何も言わないのである。それ以上は。

なぜなら一階席から大きく響きわたる明瞭な声で、「帰れ！」という言葉が彼に投げつけられたからだ。大きく響きわたる明瞭な声で発せられた「帰れ！」という声は一階席のロシア人たちから出たものだ。彼らが今か今かと待っていたのはこれだったのだ。このためだったのだ。彼らはとてつもない大声で「帰れ！」と言うために待っていたのだ。

将軍は一歩退がる。彼はびっくりしている。彼は驚いている。怖がっているのかもしれない。彼は諦めたように手を振る。

ギャラリー席とピット席から耳をつんざくような激しい口笛と野次が聞こえてくる。まるで野獣の叫び声だ。まるでボイラーの爆発音だ。ミュージック・ホールの観客が野次を飛ばす轟音は。

客席の皆が立ち上がる。私もその一人だ。皆が叫んでいる。この満座の観衆が叫んでいる。

　この巨大な騒音がやがて一つの言葉となった。

「帰れ！　クソドイツ人！」髭面のロシア人、あの不機嫌な批評家たちが叫んでいた。「クソドイツ人！」と。

　このドイツ人の目は怒りに燃えていた。この強靭な男の目が。

「帰れ！」「気取り屋！」「クソドイツ人！」

　この観客たちは恐ろしいほどに怒っている。この観客たちは。偉大な権力者たる観客。この怒っている観客たちは恐ろしい。

　何が起こる？　このドイツ人は諦めない。この鉄血の男は諦めない。彼は続けるつもりだ。この強靭な男は。彼は続けるつもりだ。たとえ雪が降ろうとも。

　観客は座り始める。公子の右目にトマトが破裂する。熟れすぎたトマトが。

「帰れ！」三つの卵と一匹の猫が宙を舞う。だが舞台には届かずオーケストラの上に落ちる。その卵が！　その猫が！　指揮者と第二トロンボーン奏者の上に落ちる。まさに天国から地上に降り注ぐ露のごとし。あの猫が！　あの卵が！

ああ！　ようやく舞台主任が——熱心で、注意深く、臨機応変な——この事態を収拾する。この男が。この舞台主任が。優秀な頭脳の持ち主のこの男が。ゆっくりと防火カーテンが降りる。予想通りだ。半分まで降りる。最後まで降りる。観客の前で。観客の。その向こう側には公子が。公子が。あの将軍が。あの鉄の男が。やじを浴びせられたばかりのこの演者が。

ロシア国歌が会場に響き渡る。轟くように！　意気揚々と！　ロシア国歌が。喜びの歌が。

二人の案内係が再び現れた。あの冷静沈着な案内係が。彼らは十五番のボードを降ろした。彼らは十六番を掲げた。彼らは断固としていた。意を決していた。物言わぬ情け容赦ない運命のようだった。あの案内係たちは。

オーケストラが音を一斉に鳴り響かせる。十六番の出番が始まった……

「帰れ！　クソドイツ人！」

第八章　スコッチ・バーでの会談

ザクセン＝ペニヒのオットー公子は舞台袖で全身を震わせていた。筆舌に尽くせぬ辛辣なドイツ語の呪いの言葉がその唇から溢れ出ていた。彼から少し離れた場所には腕を捲《まく》った筋骨隆々の舞台係が六人いた。カーテンが強引に降ろされた時、公子に飛びかかったのは彼らである。公子がサーベル片手に客席に突撃するのを阻止したのだ。彼らは舞台主任の合図一つで、また同じように制止する用意ができていた。

舞台主任はなんとか公子を落ち着かせようとしていた。

「堪《こら》えてください、殿下」と彼はなだめた。「こんなのどうってことありませんや。誰だって経験するもんです。一流の舞台人に聞いてみてくださいな。新人の頃に野次られた経験がない人なんかいませんよ。いや、新人に限った話じゃないんですがね。実はね、大スターの何人かは今でも行けない街があるんですよ。そこへ行くとひどい罵声を浴びせられるからです。だから堪えてください。あんなのは――」

舞台係が一枚の紙を手にして現れた。

「殿下宛です。変なスーツを着た眼鏡の若者が持ってきました」

公子は彼の手から奪うように手紙を取った。

この手紙は少年らしい丸文字で書かれていた。差出人の名はなく、ただ「友人」とあった。曰く――「今夜あなたに罵声を浴びせた男たちですが、彼らはウォッカコフ大公の命を受けて派遣されたのです。あの大公は今週の『アンコール』紙を読んであなたに嫉妬したのです」

オットー公子は急に冷静になった。

彼がその場を去ろうとすると「お願いですから、殿下！　どうか観客席には行かないでください」と舞台主任は声を上げた。そして最大限の警戒をした彼は舞台係に向かって言った。「おいビル、準備しろ！」

「了解です！」と舞台係が言った。

オットー公子は穏やかな笑顔を見せた。

「心配しないでください。観客席に用はありませんよ。ちょっとそこのパブに寄ろうと思っただけです」

「そうでしたか、殿下。それではここで失礼します。明晩は成功すること間違いなしです、殿下！」

二人の将軍が通う一軒のパブがあった。二人ともミュージック・ホールの仕事を始めてからは、自分の出番が終わるとそのパブに寄るのが常となっていた。店内では通路を塞いで立ち話をする彼らだったが、これは人気のある舞台人にとっては義務のようなものだった。

今夜も大公がそこにいるに違いない。公子はかなりの確信を持っていた。

公子の読みは正しかった。大公はカウンター越しの相手と楽しげに天気の話をしていた。

大公は何も知らないふりをして公子に会釈した。

「今夜はうまくいきましたかな？」と彼は気さくな様子で聞いた。

オットー公子は拳を固く握りしめた。だが幼少期より外交の手ほどきを徹底的に受けてきた公子である。感情を露わにしない術は心得ていた。その彼の口から出たのは「雨は止みましたね」という外交の場ではありきたりな言葉だった。だがその次が違った。

「しかし路面はまだ濡れています。大公殿下は念のためにしっかりとしたブーツを履いてこられたのですか？」

これはかなり核心に迫った言葉だった。しかし大公は動じなかった。彼は平然とした口調で返した。

「雨は」彼はベルモットをちびりと飲みながら言った。「いつも濡らすが、時には冷やすこともありますよ」

「ですが、雨が天に向かって降ることなど絶対にありません」公子は鋭く指摘した。

「絶対かどうかは分かりませんが、滅多にないのは確かでしょうな。まあ、あなたの言わんとすることは分かりますよ。鋭い観察力をお持ちだ、公子殿」

ここで沈黙が訪れた。老獪な相手に一瞬怯みはしたものの、公子は攻撃を再開した。

「チャリング・クロスからハマースミス・ブロードウェイに行くのにもっとも早いのは[127]何でしょう?・」彼は返事を待たずに続けた。「地下鉄ですよ」

「ハマースミス・ブロードウェイでは死人が出ましたな」と大公は落ち着き払って答えた。

公子は歯ぎしりをした。この摑みどころのない相手に外交話術で太刀打ちできるわけがない。勢い余って挑んだものの、当然ながら劣勢になってしまった。

「太陽は東から昇りますが[128]」こみ上げる感情に窒息しそうになりながら彼は声を上げた。「沈みます。沈むんですよ!・」

「雌鶏[129]もね」皮肉な答えが返ってきた。

なんとか保っていた公子の自制心はもはや崩壊寸前だった。外交的な会話とは、かくも捉えどころのないものである。そうした会話を続けることは、はらわたが煮え繰り返っている人間にとって過度な負担となる。軽薄な宮殿のきらびやかな舞踏会場でこそ交わされるべきものだろうが、いまの公子はミュージック・ホールで野次や罵声を浴びせられたばかりだった。そのうえ、目の前にいる憎き黒幕はあくまでシラを切り通そうとしている。公子にとって気が狂わんばかりの状況だった。

「雌鶏もね？」と、公子は拳を握ったり開いたりしながら、大公の言葉をそのまま疑問形にした。「あなたは雌鶏の習性でも研究したのですか？」

この言葉は痛烈だった。一気に大公を壁際まで追い詰める勢いのある一言だった。しかしこの外交の達人はすんでのところで身をかわした。

「南向きの小屋にいる雌鶏の雛は」大公はゆっくりと口にした。「脚が黄色で成長が早い[130]」

これに対して公子は気の利いた返答ができなかった。彼はまたも窮地に陥った。

ここでカウンターの向こうにいた若い女性が口を開いた。

「あなたたちってバカなことばっかり喋ってるわね」

もう限界だった。彼女の言葉に大した力はなかったが、すでに限界点を超えていた公子にとっては、そよ風程度の攻撃でも致命的だったのである。彼はカウンターに拳を叩きつけた。

「そうだよ！」公子は叫んだ。「君のいう通りだよ。我々はバカなことを言い合ってるんだ。でももうやめだ。こんな無意味なやりとりはうんざりだ。単刀直入に聞くから逃げずに答えてくれ。あんたは今夜の舞台を台無しにするために兵士を送ったのか？　どうなんだ？」

「何とまあ」眉を上げた大公は言った。

「賢い者は」このロシア人はシラを切り通すつもりで続けた。「どちらの肩も持たないものだ。まあ、肩といってもベーコンなら喜んで持ちますがね」

公子はグラスを叩き割った。

「あんたがやったんだろ！」彼は怒鳴った。「あんたがやったのは分かってるんだよ！　よく聞きなさい！　一度だけチャンスをやるよ。あんたとあんたの大事な兵隊に、今夜零時から二十四時間の猶予をやる。もうこの国から出て行ってくれ。もしもこの警告を無視したら、その時は……」

公子は芝居がかったように、少し間をとった。

大公はベルモットをゆっくりと飲み干した。

「公子殿、あなたは私の舞台の新聞広告を見ましたか？」

「見ましたよ。それがどうしたんですか?」

「では、私の言わんとすることは分かりますな?」

「一体何のことを言ってるんです?」

「分かりませんか。そうですか。あなたはもっと注意深い人間だと思ったんだがね。……『住所はハムステッド』と書いてあったでしょう」

「だから?」

「だからね。私が言いたいのはこうですよ。あの広告の文言は一語たりとも変えません」

再び張り詰めたような沈黙が訪れた。二人は睨み合った。

「それが結論ですか?」ドイツ人が言った。

ロシア人はお辞儀をした。

「もう勝手になさい」そう言ったオットー公子は出口に向かった。「せいぜい良い夜をお過ごしください」

「どうぞあなたも」と大公は言った。「あ、段差に気をつけて」

第九章　大決戦

将軍たちが決裂したというニュースは少し遅れて広まった。正午前に配られた夕刊の早版はこの話題で持ちきりだった。記者たちは、急いでエミール・ライヒ博士[131]、サリービー博士[132]、サンドウ[133]、キオザ・マネー氏[134]、グローブ男爵夫人[135]といった著名人の意見を集めて掲載した。額が大きく聡明な若者らが上司から急《せ》かされ、将軍たちの人物紹介を書いていた。オフィス内は大騒ぎだった。

忙しかったのは新聞社だけではない。ロンドン市民に娯楽を提供する人々も、電話をしたり電信を送ったりと忙しくしていた。あの二人が口論をしたのは金曜日の夜だった。何も対策が講じられなければ、早速翌日に戦闘が始まる可能性もある。もしそれが現実となれば、土曜日の午後という書き入れ時が台無しになってしまい、彼らにとっては大きな経済的損失である。これくらいは並外れた知性の持ち主でなくとも予測できるものだ。劇場の昼の部が危ない。今度の戦いでは一階席や特等席への影響は限定的なものになるだろうが、ピット席やギャラリー席での収益が絶望的に悪化するのは確実だ。そうした安い座席を求める観客にとって、大規模な戦争ほど魅力的な見世物はない。街中でときおり起こる殴り合いでも何百もの見物人が輪をなす始末なのだから、それがドイツ軍とロシア軍の喧嘩となれば、どんな舞台でも太刀打ちできないのは分かりきったことだ。

いくつもの試合が予定されるサッカーだって大打撃を受けるだろう。オリンピアでは巨大なローラースケートの祭典が開催予定だが、その成功とて怪しくなる。

夕刊の早版が売り出されてから一時間もしないうちに、興行主の代表団が侵攻軍の両陣営に駆けつけた。彼らはこの状況を明確かつ上手に訴えた。将軍たちが彼らの話に納得したのは明らかだった。両軍の間を伝令が何度も行き来し、最終的に戦闘の開始を月曜日の朝まで延期することで合意が形成された。

この決定は劇場やサッカークラブの支配人にとっては満足のいくものだった。だが、これはある意味では残念なことだった。というのも歴史家の視点から見れば、この戦争が台無しになったといっても過言ではないからだ。もしもこの延期がなければ、勝利が収められる過程とその策略が生き生きと巧みな描写で記述され、その歴史書から読者は多くのことを学んだかもしれない——否、学んだに違いない。読者は、さまざまな部隊の配置や戦略、勇敢な進撃、巧みな退却、さらには戦争の教訓を学ぶことができたはずなのだ。

しかし、真剣味や緊張感といった戦争の深刻さが失われてしまった。将軍たちが優先事項を見誤ったことで決戦の日が変更されたからだ。もはや歴史家に残された仕事は、ただその結果を記録することだけだった。

土曜日の夕方四時ごろになると霧が立ちこめ始めた。日が落ちるころにはかなり深くなっていたが、少し離れたところからでもまだ街灯がはっきりと見えた。ロンドンに住み慣れた人にとって、この程度の霧は特段珍しいものではない。だが翌日の朝にかけて霧はさらに濃くなっていたのだった。

日曜日に人々が目を覚ますと、ロンドンはこれ以上ないほどの霧に覆われていた。これほど街が黄色く覆われたのは数年に一度あるかないかだろう。いわば「これなら堂々と遅刻ができる」と公務員たちが小躍りするような深い霧である。しかし公務員以外の多くの人々はこの日を屋内で過ごしながら、霧が明日までには晴れることを願っていた。

「今日のような状況だと戦争はできないな」と人々は言い合った。

そして翌朝の霧は、この数年で最も濃かった日曜日よりもさらに濃くなった。まるで布で覆われたかのようなロンドンの様子に、人々は残念そうに首を振った。

「もう延期するしかないだろう」と人々が諦めかけたその時だった。突然「ドーン！」という音が響き、さらに続けて轟音が響いた。

それは重砲の音だった。

戦争が始まったのである！

不平を言ったり誰かに八つ当たりしたくはないが、世界史に残るこれほど重要な戦いは、このような状況下で行われるべきではなかった。幸いにも当時のロンドンは、描写力のある記者に恵まれていた。写真のように迫真的な記事を書く記者で知られた時代である。扇情的な記事を書くことができる記者がどの新聞社にもおり、彼らの手にかかれば、ＹＭＣＡの講師ですら銃剣を手に誰かを襲いたくなる衝動に駆られるほどだった。豊富な形容詞や感嘆符は、読み手に砲声の音が聞こえると錯覚させるほどだった。そんな粒ぞろいの記者たちだったが、あの時に限っては――修理中の戦艦のごとく――無力で役立たずだった。バート・ケネディ氏は「霧。黒い霧。そして響く大砲の音。その霧の中で戦う二つの軍……」と書き出したが、記事が完成することはなかった。はじめは上々だったが、それ以上書くことがなかったのである。

ひどい有り様だった。

社内にいた記者は書くことに集中していればよかったが、戦場記者たちはさらなる困難に直面していた。霧が濃すぎて現場に行けない、との言い訳が通用しなかったのだ。

「戦闘ができるほどに見えるのなら」編集長は情け容赦なく言った。「報道できるほどには見えるということだ」

こうして彼らは社屋から追い出されたのである。

街頭での彼らは惨めというより他に言いようがなかった。エドガー・ウォーレス[136]は建物の外に出た途端、迷子になった。二日後にスティープル・バムステッド[137]で発見された彼は散々な状態だった。どうやってそこにたどり着いたのか誰も分からない。彼自身の説明によれば、耳を頼りに砲撃が行われているであろう方角に向かって、そのまま歩き続けたとのことである。ベネット・バーリー[138]という熟練の老記者は賢明にも地下鉄で移

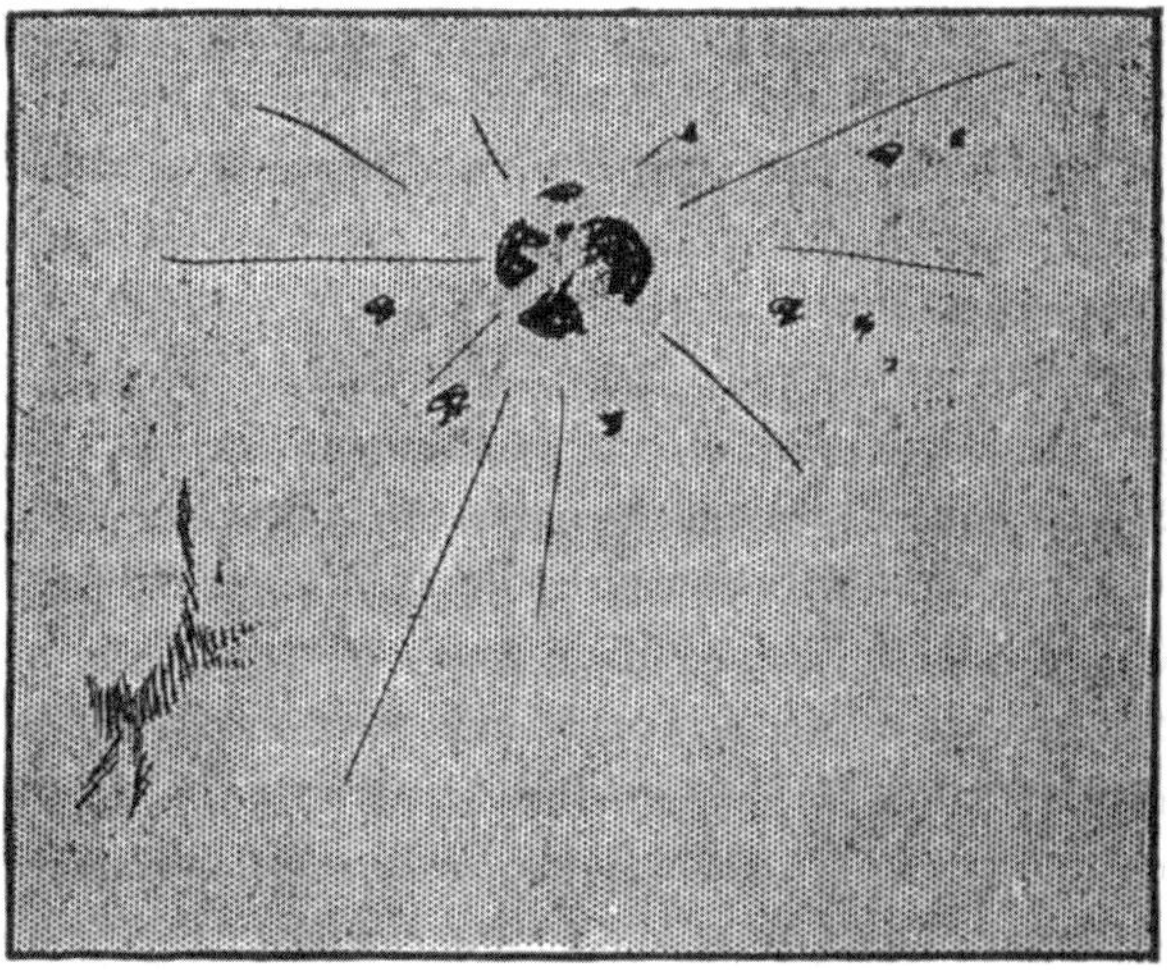

霧の中で炸裂する砲弾と逃げる猫

動した。彼が到着したのはハムステッドだった。後でわかったことだが、そこはもっとも激しい戦闘が行われた場所だった。ほんの少しの運があれば、そこで記事になる出来事を見聞きできたかもしれない。しかしドイツ軍の砲弾が駅の近くで炸裂したため、彼が乗っていたエレベーターが途中で止まってしまったのだ。助けを求める声に気付いた救援隊が彼を救い出したのは、翌日の夕方のことだった。

A・G・ヘイルズ[139]、フレデリック・ヴィリアーズ[140]、チャールズ・ハンズ[141]といった一流記者たちも、エドガー・ウォーレスほどではないが、似たり寄ったりの結果となった。トッテナムに向けて出発したヘイルズは間違えてクロイドン[142]に行ってしまった。へとへとに疲れた彼のブーツには釘が刺さっていた。彼同様に不運だったヴィリアーズはリッチモンド[143]に行ってしまった。そして彼らの中でも最も不思議な運命がチャールズ・ハンズを待ち受けていた。レスター・スクエアに到着するまでは順調だったのだが、そこで彼は方向を失ってしまった。トッテナムの方角へまっすぐ歩いていると思い込んだ彼は、どうやらシェイクスピア像の周りをただぐるぐると歩いていただけだったようである。これを一日半も続けて、疲れて休んでいたところ、霧が晴れ、通りかかった警官に発見されたのだった。

　こうした混乱のなかにも、目に見えない砲弾の音が轟き、深い霧の中から異様な叫び声が絶え間なく発せられていた。

第十章　イギリスの勝利

それは九月十六日、水曜日の午後のことだった。戦闘の終わりから二十四時間が経過した。雨が降っていたが、霧はずいぶんと晴れ、空気は薄く黄色がかっていた。

この頃になると、戦闘の主要な出来事が国じゅうで知られるようになっていた。完全な情報までは期待できなかったが、熱心なジャーナリスト精神で新聞各紙が詳細な記事を急いででっちあげたのは賞賛に値する。しかもどの記事も全体的に悪くない仕上がりだった。

この戦闘の結果を大まかに言えば、劣勢に立たされたロシア軍のほぼ全軍が壊滅した。イギリスに侵攻したその軍はまだかろうじて駐留を続けていたものの、もはや無力に等しかった。ウォッカコフ大公は生き残ったうちの一人だったが、ドイツ軍の本部があるトッテナムで捕虜になっていた。
　ドイツ軍の方とて無傷ではなかった。その勝利にはかなりの代償を支払ったのだ。死傷者は兵の五分の四以上に上《のぼ》る。ハムステッドの丘での決戦では、両軍ともに三分の二近くの兵士が戦死したと推定される。そして最後には、ドイツ軍がジャック・ストロー城[144]を襲撃し、総大将たる大公を捕らえるに至った。

　戦闘に勝利したザクセン＝ペニヒのオットー公子は、トッテナムの野営テントで眠っていた。彼は疲れきっていた。それは戦闘のためだけではない。インタビューやサインに応えたり、写真撮影のために椅子に座ったり、

風邪をひいたオットー公子

特許新薬の効用を薦める文章を書いたりと、有名人ならば避けては通れない仕事が山ほどあった。我が身の自愛などに気を配る余裕はなかったのだ。また彼はこの戦闘のさなか、ひどい風邪をひいてしまった。ぐっすり眠る彼のサイドテーブルにはアンモニア入りキニーネの瓶が置いてあった。

天幕のフラップが静かに開き、二人の人物が入ってきた。彼らはどちらもつば広の中折れ帽に色付きのネッカチーフ、ネルシャツ、サッカー用の短パン、タイツ、茶色のブーツ、そしてホイッスルを身につけ、ホッケースティックを持っていた。二人のうち、眼鏡をかけた人物からは威厳がにじみ出ており、より位が高いことを物語っていた。

熟睡する公子を、彼らはしばらくの間見下ろした。そして眼鏡のリーダーが口を開いた。

「ワグスタッフ隊長」

もう一人が敬礼をした。

「起こせ！」

ベッドの脇に立ったワグスタッフ隊長は、公子の肩を揺すった。公子はうなり、ゴロゴロとベッドの反対側まで寝返りを打った。隊長は再び揺すった。今度は目をパチクリしながら公子は上体を起こした。

眼鏡をかけ、落ち着いて威厳のある人物がいるのに気付いた瞬間、公子はベッドから飛び上がった。

「イッ、イッ、イッ」彼はどもった。「イッダイどういうヅモリだ?」

そう言いながら、風邪でひどい鼻声だった彼はくしゃみをした。そしてベッド脇のテーブルからキニーネを取ると、それを一気に口に流し込んだ。

「誰もゴゴにはビレないように、マバリにはハッギリ言ッダだろう。誰だね?」

侵入者は微笑んだ。

「私の名前はクラレンス・チャグウォーターです」彼は簡潔に述べた。

「ジャグウォーダー? ゾンダダマエはジラナイぞ。何の用だ? ドゴガのジンフンギジャならガエッテくれ。アジダのアザにギナザイ」

「私はどこの記者でもありません」

「ゾレナラ、ドゴガのジャジン屋ダドウ。何度も言うが、ガエッデグれ」

「私は写真屋でもありません」

「ゾレナラギミは誰だ?」

クラレンスは胸を張った。

「私はイギリスです」崇高さ漂う身振りで言い切った。

「イグリズ! ギミがイグリズダドはどういうビビだね? ビビがワガランよ」

クラレンスが眉をひそめると公子は黙った。

「私はイギリスだと言ったのです。私はボーイスカウトの総長です。そしてスカウトというのはイギリスそのものです。オットー公子、あなたはイギリスが屈服したままだと思っていたようだが、それは間違いだ。ボーイスカウトはじっとチャンスを窺っていたのです。そして今、その時が来たのだ——ワグスタッフ隊長、任務を遂行せよ」

隊長は前に出た。公子はベッドに飛び乗り枕の下に手を突っ込んだ。クラレンスはラッパのような怒号を響かせた。

「この男を狙え!」

公子は顔を上げた。手が届くほどの距離に隊長は立っていた。彼は公子に向けてパチンコを構えていた。

「彼は名手ですよ」クラレンスは警告した。

公子は動揺した。

「彼は同年代の誰よりも南ロンドンで窓ガラスを割ってきた人物なんだ」

公子は渋々手を引っ込めた。その手は空っぽだった。

「デ、何がノゾビだ?・」恨みを込めて彼は言った。

「抵抗しても無駄ですよ」とクラレンスは言った。「私が長らく待った瞬間がやってきたのです。あなたの兵は戦闘で疲弊しきって、ボロ雑巾のようになっていました。簡単に撃破できましたよ。一時間ほど前ですが、この野営はパチンコとホッケースティックで武装したスカウト隊によって包囲されたのです。たった一度の突撃で勝負は決しました。あなたを含めすべての兵士は私の捕虜なのです」

「あのヤグダダヅらめ」呆然としながら公子は言った。

「祖国イギリスよ」と声高らかに言ったクラレンスの顔は、神聖なる愛国心で輝いていた。「イギリスよ、汝は救われた。汝は死して灰となり、そして蘇ったのだ。世界中の人々よ、この奇跡から学びたまえ。イギリスが・倒るる時こそ・侮るな・もっとも怖き・イギリスなりけり……」

「ブンボウがまぢガッデいる」公子は批判的に述べた。

「間違っていませんよ」クラレンスは優しく言った。

「いや」公子は言った。「『ナリゲリ』はカゴゲイ」

クラレンスの目に怒りが灯った。

「お前の屁理屈に付き合っている暇はない」彼は言った。「ワグスタッフ隊長、捕虜を連行しろ」

「マジガイはマジガイだ」公子は言った。「『ナリゲリ』はカゴゲイだ」

クラレンスは黙って入口を指した。

「お前もワガッデいるだろう」公子はしつこく言った。「あれでお前のリッパなエンゼヅがダイナジにナッダゴドガ。あれのゼイで」

「さあ、早く来るんだ」ワグスタッフ隊長がさえぎった。

「ワダジハギデルジャないガ。ゾウだろ。ワダジがイイダイのはダダ……」

「あとでお前のスネをホッケースティックでぶっ叩いてやるからな！　来い！」

隊長の脅しはよく効いた。

公子はついて行った。

第十一章　クラレンス　最後の局面

ここはパレス・シアターの燦然と照らされた観客席。

劇場内はざわめきで満ち、オーケストラは特別曲を演奏している。一階席では着飾った男女が興奮した様子でささやき話をしている。あちこちから聞こえてくる言葉は次のようなものだ。

「まだかなり若いんじゃないか？」

「まったく、なんて可愛いのかしら！」

「ガシー奥様、私もよく分からないのですが、バチェラーズ[145]のバーティー・バーティソンが誰かに話してるのを聞きました。手取りで千ポンドだそうです」

「お聞きになりました？　あの子は週給千ポンドも貰ってるんですって。バーティソンさんが言ってたそうですわ」

「本当ですか？　あの恐ろしい将軍たちよりも多いんですね」

「大金ですのね」

「もちろんですよ。あの子はこの国を救ったんですから」

「それだけの価値があるってことだ。でなけりゃ興行主は払わんよ」

「昨晩に侯爵夫人の舞踏会で見たんだけど、感じのいい少年だったね。なんていうか、気取らないっていうか。ほら、出番がきたよ」

オーケストラが演奏を止める。数字の七番が表示される。幕が上がるにつれ拍手は割れんばかりに大きくなっていく。

肥った男がしわの寄った礼服で舞台に登場する。

「ご来場の皆様」彼は言う。「今夜私は、皆様にある方を紹介する栄誉に与りました。その方について私が表現すれば、ごくありきたりな言葉になってしまうかもしれません。今夜皆様にご紹介申し上げる、その方は英雄です。残忍な外国の侵略者から私たちの愛するイギリスを救いました。もう祖国は苦しめられずに済むのです。その方の知恵と、それと、えー、言うなれば――知恵が、誰の助けも借りずに、残忍な侵略者から愛する我が家の団欒を守るための唯一の方法を考え出したのです。この英雄は——このような表現をすること許していただきたいのですが、誰もがご存じのキルケニーの猫[146]の先例にならって、侵略者たちが鋭い爪で互いに引っ掻き合うよう仕向けたのです。そして、勇敢な仲間と——誉れ高いボーイスカウトのことだと言う必要はありませんよね——この方は恐れることなく進撃しました。そして、敵軍の残党兵に、しっかりとお灸を据えたという訳です」

　ここで司会者はお辞儀をした。拍手が起こっている隙を見て彼は息を吸い込んだ。長口舌で紫色になった顔色が元に戻り始めると、彼は手を上げた。

「一つだけ付け加えますが」と彼は続けた。「パレス・シアターの独占契約でこの英雄は出演しています。これまでのミュージック・ホールの歴史上、最高額の条件を提示しました。この方は週に千百五十ポンドもの莫大な報酬を受け取っているのです」

　嵐のような拍手が鳴り響く。

「最後に一つだけ付け加えます。舞台の内容についてです。本当にこれで最後です。この英雄はまずボーイスカウトの基本である、体操を披露してくれます。

舞踏会の侯爵夫人とクラレンス

深呼吸をしたり、右足を首にしっかり巻き付け、片足で舞台じゅうを飛び跳ねたりします。さらにボーイスカウトが特技とする様々な種類の鳴き声を披露します。これは、皆様ご存じの通り、どれもが本物の動物そっくりです。疑うお客様が多いので、申し上げておかなければなりません。この方の口の中には何も入っていません。私が断言します。そして出番の最後には、この方がご自身の偉業について短い演説をしてくれます。ご来場の皆様、私からの説明は以上です。私に残る役割はこの舞台から去ることのみです。それではご紹介しましょう。イギリスが愛する少年、祖国の英雄、そしてイギリスが誇る宝——クラレンス・チャ

「ブロマイド各六ペンス」「在庫処分二枚で一ペニー」

グウォーターを」

そして、皆が息を飲む。オーケストラが一斉に演奏を始める。観客は立ち上がり、歓声を上げ、叫び、足を踏み鳴らす。

小柄だが体格の良い眼鏡の少年が舞台に現れる。

彼こそが運命に選ばれしクラレンス少年である。

付録

次の侵略（『スウープ！』の原案）

『パンチ』誌・一九〇三年六月十七日号より

パンチ殿、

先日は私の社会派劇の企画[1]を掲載してくださったこと、感謝申し上げます。この成功に大いに勇気を得た私は、僭越ながらも思案中のロマンス小説のメモを寄稿しようと考えた次第です。ある編集者が私の原稿をにべもなく不採用にすると、別の編集者に同じ原稿を送ります。もしその原稿が首尾よく採用されれば、次も同じ編集者に送るわけです。私はこのように激動に満ちた人生を送っています。

ところで、なぜ私がその小説を書こうと考えているかというと、数年前まで大流行していたあるものを再燃させたい、という思いがあるからです。それは「偉大なる予言」ともいうべき小説群で、[2]最後の数章までイギリスが侵略者に蹂躙されるという内容です。このところ、その業界の生産状況は停滞しています。私の素案では、侵攻が起こる可能性は否定できない、という点を追求し、偉大な先輩方が作った伝統をなるべく踏襲継承したいと考えているのです。

この小説のあらすじは次の通りです。何年間も秘密裏に侵攻計画を練ってきたフランス、ドイツ、ロシア、スペイン、トルコそしてモナコが突如イギリスに宣戦を布告します。この種の小説で描かれるイギリスは油断しているのが慣例ですが、今回のイギリスも寝込みを襲われた格好です。侵攻軍にとって大きな障壁となるイギリス海峡艦隊については、独創的なアイデアを用意しました。艦隊の最高司令官たる提督に、おばが病気だという偽電報を送るというものです。これによって侵攻軍は悠々とイギリスに侵入することに成功し、さまざまな色の軍服をきた外国人たちは、大挙してテムズ川に向かいます。そして、ついに埠頭に上陸すると雪崩《なだれ》のように首都に押し寄せるのです。一方でイギリス側の対応はと言うと、外国人が大勢やって来ることに当局は慣れ切っており、今回の侵略者の動きに対しても何ら危機感を覚えることはありません。また、生憎《あいにく》その時はハワード・ヴィンセント卿[3]が留守にしていたため、侵攻軍を止められる者はどこにもいません。こうして好き勝手に振る舞える侵略者たちにとって、ロンドンを占領するのはあまりに容易《たやす》いことでしょう。

証券取引所に群がる人たちを見習う傾向[4]は、すでに社会のあらゆる階層に浸透しています。それに侵攻を決行したのは、ちょうどスポーツの大きな試合がいくつも開催される日と重なったため、ロンドン市内では誰もが出払っています。例外といえば、銀行員が二人と、ウォータールー駅にあるキヨスクの若い店員が一人、ウェイターが三人、それにアーサー・ボーシア氏[5]だけです。証券取引所の人たちはブライトンへ海水浴に行き、また近衛兵たちはケーン・ヒル病院[6]に閉じ込められています。他の人たちもみな、ロンドンから離れた郊外にいるか、そうでなければ郊外に向かっています。銀行員とキヨスクの若者はすぐに制圧されます。ボーシア氏が必死で守るギャリック劇場[7]は、しばらくは持ち堪《こた》えてみせますが、不当な批判の砲弾にさらされて廃業します。三人のウェイターは同国人の来訪に「ホック[8]」との叫び声で（それにワインボトルも用意して）歓迎します。こうしてロンドンは敵の手に落ち、第一部は完結します。タイトルは『青い破壊』[9]としましょう。

第二部の『目覚めよ、イングランド！』では、戦闘やそれに関連したスリリングな場面、悲しい出来事（主には侵略者たちが行ったもの）が描かれます。ロンドンでの被害はほとんど出ません。というのはすでにロンドン郡議会が市内の活動[10]を活発にしていたからです。それでも侵略者たちはできる限りの破壊を試みます。私の生々しい描写によって、読者の感情がある程度にまで高められたところで、この小説のクライマックスというべき場面に移ります。ある夜、ウィンストン・チャーチル氏[11]と『デイリー・メール』紙の編集長（イギリス全軍の指揮をこの二人が担っているのは言うまでもありません）を、強いドイツ訛りの怪しい男が訪問します。その男は実はユリウス・シース氏[12]なのです。彼はある条件と引き換えに、侵攻軍を撃退する取引を持ちかけます。シース氏の要求は自分が天寿を全うするまでの間、イギリス国内におけるライオンが出演するすべての公演の権利を独占するというものです。要求が満たされたシース氏は次に自分の計画を明かします。それはサーカスで培った特別な方法でストランド[13]のネズミを調教して陸軍を作り上げ、敵を攻撃するのです。調教されたネズミ軍と侵略者の最後の決戦を描く場面は、物語の中でもっとも躍動感あふれるものとなるでしょう。読者の髪の毛はロケットのように跳ね上がるはずです。結果はネズミ軍に軍配が上がり、戦争は終結します。まあ、今回はこのくらいにしておきましょう。

敬具

ヘンリー・ウィリアム＝ジョーンズ[14]

アメリカへの軍事侵攻——一九一六年に発生したドイツと日本による侵攻（アメリカ向けに改編された『スウープ！』）

第一部　驚くべき侵攻

『ヴァニティー・フェア』誌・一九一五年七月号

『ヴァニティー・フェア』誌編集部より

この物語では、ウッドハウス氏がアメリカ侵攻という恐怖をあまりにも不気味に描いている、とお思いの読者がいるかも知れない。リアリズムが行き過ぎている、と批判する声が上がるかも知れない。だが、アメリカが危機を迎えていることを読者に広く理解してもらおうと思えば、侵攻によって起こり得る事態を躊躇なく描き出すことが肝要なのである。我々としては、作者のこの意図を読者が理解されんことを願うのみだ。それにこの種の物語は『マクルアーズ』誌[1]を始め、多くの雑誌でも掲載しているところであり、我らが『ヴァニティー・フェア』誌が手を出したとて許していただけるに違いない。

最後にウッドハウス氏について簡単に紹介しておこう。近年、ウッドハウス氏は「ツェッペリンの襲来に備えて」や「ドイツが文化を武器にするのは国際法違反か否か」など[2]の論説を次々と発表し、軍事学に関心のある人々に衝撃を与えた。今やその名声を世界中に轟かせる軍事評論の権威である。

第一章

一九一六年八月——

アメリカは外国軍に掌握された。アメリカ海軍は美味しいドイツワインで骨抜きにされ、ドイツ艦隊に大した抵抗も見せなかった。一方、日本軍に対峙したアメリカ陸軍は攻撃を控えた。日本兵と対等にやり合うことが恥ずかしかったからだ。神が造り給うたこの国に、日本軍がしっかりと足場を築くのをアメリカ兵たちはただ指を咥えて眺めていたのだった。

いったん侵攻を許すや否や、事態は急速に悪化し、ニューヨークは激しい砲撃にさらされた。ただ、これが不幸中の幸いだったのは、砲撃が行われたのが夏だったために名士と呼ばれる人々がみな出払っていたことだ。

フィラデルフィアはニューヨークとは違い、『サンデー・イヴニング・ポスト』紙の従軍記者が総力を挙げて死守していた。記者たちのしつこい取材活動が功を奏し、侵攻をかなり妨害することはできたが、結局はこの地も陥落してしまった。

こうしてアメリカは侵略者たちの手に落ちた。だが、犠牲者の数はかなり少なかったようだ。侵攻の急報に慌てて、ニューヨークとニューヘイブン、ハートフォードの鉄道に乗り込んだ歩兵の分遣隊が犠牲となったのみである。とはいえ、戦争のない平時でも、これらの鉄道会社は同じ程度の犠牲者を出すのが常だったのだが。

先見の明を備えた愛国者たちはこの事態を憂慮していた。というのも、ここ数年はプロ野球の試合観客動員数が減少しており、今回の侵攻劇はこの国民的スポーツの人気にさらなる打撃を与えると考えたのだ。五十セントを支払って球場の客席に座るはずだった何千もの人々が、代わりに街を練り歩く侵略者を見物しようと駆けつけるのは明らかだった。

八月が終わる頃には、ザクセン＝ペニヒのオットー公子率いる屈強なドイツ軍がキュー・ガーデン[3]に進駐し、オオキ将軍を総司令官とする日本軍が大規模に兵を展開してヨンカーズ[4]とその西側一帯を占領した。

事態はいよいよ深刻だった。

第二章

国難は英雄を生む、あるいは必然は人間の母である、などの言葉は誰しも耳にしたことがあるだろう。この歴史の試練に耐えた素晴らしい格言（正確な言い回しは忘れてしまった）がどれほど正しいかは、この度の惨禍で証明されることになる。それはアメリカにかつてない悲劇がもたらされた時である。

国じゅうが漆黒の闇に覆われ、人々を絶望が支配したその時、クラレンス・チャグウォーターが彼らの前に現れたのだ。

今日、アメリカ人でその名前を知らぬ者はない。セントラルパークのチャグウォーター記念柱や、チャグウォーター通り（かつてのブロードウェイ）にある騎馬像、土産物屋の窓越しに陳列された絵葉書など、誰もが一度はその勇姿を目にしたことがある。しかしあの大侵攻が起きた当時、クラレンスは『デイリー・センチネル』紙の一介の小間使いに過ぎなかった。彼はまったくの無名だったばかりか、新聞社内でさえその名前を知る者はいなかった。というのも社員の間では「能無し小僧」というあだ名で通っていたからである。

マンハッタンの編集者（人類のなかでもっとも知能が低いことで知られる人種）が、この少年の偉大さを予見できなかったことでさえ今となっては信じがたい。有益な知恵がぎっしりと詰まり（彼は夜間学校に通っていたのだ）、丸みを帯びたその額、鼈甲眼鏡の奥で輝くその目、その大きな顎、すべてが言葉では言い表せないほど素晴らしい。

もしも彼の上司に知性のかけらでもあったなら、ニューヨーク中の電光掲示板を使って人々に周知徹底したことだろう。

ご存じですか？
クラレンス・チャグウォーターは
センチネル社で働いています！

もちろん上司はそのような機会を逸した。それだけでなく、この救世主を「能無し」、さらには口にするのも憚られるような、おぞましい形容詞で罵ることもしばしばあった。なんということだろう！

そんなクラレンス・チャグウォーターには、実は新聞社の小間使いとは異なる一面があった。それはボーイスカウトの総長という顔である。

小間使いの仕事から解放されると、彼はきちんとした格好で出かけた。不快な印象を与えるような隙は見当たらなかった。彼の装いといえば、つば広の中折れ帽、ネルシャツ、たくさんのリボン、リュックサック、七分丈のズボン、茶色の革靴、ホイッスル、それに長い杖というものである。

ボーイスカウトが学ぶべきことなら彼はなんでもやってのけた。雄牛のように低く唸ることや、モリバトのように喉を鳴らすこともできた。カブそっくりの鳴き声をあげてウサギを騙すこともできた。嗅覚を頼りに追跡することや、木を切り倒すこと（もちろんそれが許される状況下に限る）、ブーツのすり減り方からその持ち主がどんな人物か言い当てること、さらにこん棒投げもできた。彼はこれらすべてのことを上手にこなしたのだが、その中でもっとも得意だったのはこん棒投げだった。

この当時、アメリカの国土を守っていたのは事実上、ボーイスカウトだけだった。頭数に入れるべきかは分からないが、多数の市民も祖国のために通りに並んで旗を振る覚悟ができていた。また彼らの中には、愛国歌をうたえる者もいた。まだ戦力は残っていたのである。

しかし侵略者たちは陸海軍を撃破したことで、アメリカを完全に屈服させたと考えていた。安堵する前にボーイスカウトを警戒すべきだったのだ。

彼らはクラレンスのことを計算に入れていなかった。一顧だにしなかった。そもそもクラレンスを知らなかった。

戦果を過信した侵略者たちの運命は一体どうなるのだろうか。

ああ、目も当てられない！

第三章

八月といえば一年のうち最も退屈で、何の事件も起こらない月である。それゆえ、ドイツ軍と日本軍によるアメリカへの同時侵攻という格好の出来事に、メディアが飛び付かないわけはなかった。当然のごとく新聞各紙は大々的に報じた。例年ならサウス・ビーチやコニー・アイランドの見世物小屋で満足していた世間の人々は、侵攻軍の話題へと心移りした。普段と少しでも違うことがあれば異常な関心を見せるのがニューヨーカーである。通りで自動車のタイヤ交換でもすれば、二分とたたず五百人もの野次馬が自分の用事も忘れて群がってくる街だ。異国の軍隊に人々が夢中になるのも無理はなかった。

ドイツ軍と日本軍は連合軍ではないという事実が、人々のさらなる興味を掻き立てた。こうした状況が生じたのは、相手に致命的な打撃を与えてから宣戦布告する、という近年主流になっている奇妙な風潮の結果だった。ドイツ皇帝と日本の天皇は、偶然、同じ時期にアメリカへの侵攻を思い立ち、実行に移したのである。ニューヨークで出くわすことになったザクセン゠ペニヒのオットー公子とオオキ将軍の立場は、ここに至って極めて微妙なものとなった。

オットー公子はかつて受けた教育によって、ある観念に縛られていた。それは、もしアメリカに侵攻する場合はドイツ軍単独で行うか、あるいは彼の考えに共鳴する国と組んで行うというものだった。侵攻した先に他国の軍がいる、という状況など彼はまったく考えていなかったのだ。今さら日本軍に引き下がるよう求めるのは気が引けた。だが、もし自分が手を引いてドイツに戻れば、皇帝と気まずい《モーヴェ・カ・デュール》ひと時を過ごさなければならなくなる。

「『ハゲタカの急襲』みたいな馬鹿げた真似をしたからだ」彼は副官のポッペンハイム将軍に不満をこぼした。

「宣戦布告する前に侵攻するなんておかしな風潮だよ。だが、もはやこうなってしまった以上は……」公子は続けた。「オオキ将軍と会うしかない。ポップ、将軍に電話して、明日リッツでランチをしながら話をしようと伝えてくれ」

こうして、翌日に重要な会談が開かれることになった。この会談で用いられた外交辞令については、近年量産される戦争劇を見たことがある人なら、これが何より重要だということがお分かりだろう。外交辞令というのは、不用心な相手を騙すことに特化した言語なのである。

オオキ将軍は自分の前に置かれた蕎麦粉のケーキにメープルシロップをかけていた。公子が将軍に向かって「東京では米が豊作だそうですね」と言った時、その場にいたウェイターたちは気にも留めなかった。しかし、乳飲み子の頃から外交の狡猾な世界に身を投じてきた将軍は、この言葉の真意をたちどころに理解した。すなわち「アメリカの件ですが、これにはどのような条件を提示されるおつもりですか」と公子は尋ねたのである。

将軍はしばらく間をとると、そっけない口調で答えた。「此処の昼餉《ひるげ》は美味には違いないが、童《わらし》が好きそうな食べ物ですな」

公子はこの典型的な東洋の外交辞令に眉をひそめた。

「社交ダンス[5]は上達しましたかな」公子は慎重な姿勢を崩さず尋ねた。

日本の将軍はわずかに口角を上げて笑顔を作った。

「惨憺たるものですな」と彼は答えた。「全く惨憺たるもので、先日などは何奴かが地面をひっくり返したのかと怪しんだほどです」

公子は顔を紅潮させた。彼は素朴で率直な男だったから、このような無意味なやり取りが嫌いだったのだ。

だが日本軍と戦うのはなんとしても避けねばならない。でなければアメリカ侵攻の成功を厳命する皇帝の不興を買ってしまう。短気は禁物だった。公子は和やかな笑みを浮かべて二杯目のコーヒーを注文すると、こう続けた。

「そういえば、ヴァーノン・キャッスル夫人[6]がまたニューヨークで噂になっているそうですね」

これで合意は形成された。二人の会話から明らかなように、日本軍はニューヨークを砲撃する権利を放棄した。その代わりに公子はポロ・グラウンズ[7]のシーズンパスを諦めた。もはや両者の間に溝はなくなったのである。

その夜、ザクセン＝ペニヒのオットー公子は上機嫌で眠りについた。交渉を万事うまくまとめることができたのだ。彼の心には未来の明るい見通しが描かれていた。

しかし彼は大きな間違いを犯した。それはただ一つ、クラレンス・ブリームワージー・チャグウォーターという脅威に気付かなかったことである。

第四章

夜！

グラマシー・パーク[8]の夜！

打ち捨てられた広大な空き地の真ん中で、暗闇と荒廃を強調するかのように一幅の火影が辺りを照らしていた。

これがボーイスカウトのキャンプファイヤーである。

十月一日のことだった。数時間前から小雨が降り続いていて、風も吹き付ける寒い夜だった。この集会では隊員たちがさまざまな活動を行っていた。

マンハッタンには数百万もの人々が住んでいる。だが、ボーイスカウトという組織がいかに巨大で、国の隅々にまで行き渡っているか、それを理解しているのはごく限られた人だけである。ブラック・ハンドと『サンデー・イヴニング・ポスト』紙の従軍記者を除けば、ボーイスカウトほど綿密に組織された秘密結社は世界にも例がないと言えるだろう。

　ボーイスカウトの力は絶大である。一つ例を挙げてみよう。仮にあなたが会社の経営者だとする。出社したあなたは朝からとても機嫌が悪い。そこで事務所にいる小間使いに八つ当たりして憂さ晴らしをする。その少年は反抗的な言葉を口にすることもないし、何か復讐を企んでいる様子もない。しかしその夜、帰宅するあなたがフォレスト・ヒルズ[9]行きの列車に乗ると、痛風持ちのあなたの足を体格の良い労働者が思い切り踏みつける。家に帰ると床にばら撒かれた豆にニワトリが群がっていて、猫が魚を咥えている。食糧庫を管理する調理婦はすでに出ていったようだ。これら一連の不運に何かしら関連があるなどとは、あなたは思いもしないだろう。だがすべてのことは繋がっている。それはその日の朝、あなたが小間使い、実はボーイスカウトの部隊長であるシリルに行った非道な仕打ちの結果なのだ。しかし、もしあなたが街でボロを着た新聞売りの少年の頭を撫で、十セント銀貨を与え、そして「いつか大統領になれるさ」

などと励ましてやったとしよう。すると翌日にはあなたの家に匿名でシャンパンが届くことになる。

ボーイスカウトは怒らせるととても怖いが、決して厚意を忘れないのだ。


一面を覆う闇の中、微かな口笛の音が響いた。キャンプファイヤーの前を行ったり来たりしていた歩哨は立ち止まり、音の方へと目を凝らした。

「そこにいるのは誰だ？」

「仲間だ」

「同志よ、前進して合言葉を唱えよ」

「ドイツと日本に死を」

「同志よ、通れ。合格だ」

この人影がキャンプファイヤーの明かりに照らし出された。その姿に驚いた歩哨は慌てて敬礼した。彼の前に現れたのは紛れもない、クラレンス・チャグウォーターその人だったのだ。

「名前は？」体格の良い若い戦士を見つめながらクラレンスは言った。

「ウィリアム・バギンズ二等兵です」

「バギンズ二等兵か。良い見張りだ。君のような人間こそアメリカには必要なんだ」そう言いながらクラレンスは、歩哨の耳をつねって非礼を許した。クラレンスに触れられた少年は感激のあまり顔を赤らめた。

「それでは現状を報告せよ。各隊は揃っているか？」

「はい、揃っております」

「隊の名前を列挙せよ」


肩幅に開いた足、後ろに組んだ手、しっかりと引いた顎。物思いにふけるクラレンスの立ち姿は、立派そのものだった。総長が到着したとの知らせはすぐに広がり、あたりに散らばっていた隊員たちが一目散に駆けつけた。集まった彼らは隊列を組むと直立不動の姿勢になった。総長の命令をいつでも実行する心構えである。

クラレンスは隊員たちの敬礼に対して、神妙に手を挙げて応えた。

「諸君」彼は明瞭な、そして、遠くまで響き渡る甲高い声で言った。

「皆が知っての通り、我らがアメリカは侵略者の高慢な圧政の下にある。そして今、圧政者たちからこの国を救うことが我々の使命なのだ」（歓声と「その通り」という声が上がる）

「諸君には、今すぐにでも杖を手に敵軍に突撃せよ、と呼びかけたいところだ。だが軽率さは破滅を招くだけである。奴らはあまりに強大だ。我々は好機を待たなければならない。しかし突撃の日は近いうちに必ず来る」（拍手が起こる）

「ドイツ軍と日本軍は仲違いを始めるだろう。我々の任務は、両者の不和をさらに大きくすることだ。一分《いちぶ》の隙もないほど統率の取れた我が組織ならば、この程度の任務は容易に遂行できるはずだ。両軍の間に燻る憎しみは、必ず大きく燃え上がる。そうなれば我々の出番だ。その好機を逃さぬよう、準備しておくように。私からは以上である」

「チャグウォーター、チャグウォーター、ラー！　ラー！　ラー！」鼓舞された隊員たちが一斉に叫んだ。

これが若いアメリカの――そのまた若い世代のアメリカの声である。彼らは警戒を怠らず、各自の任務に邁進した。

第二部　失敗した侵攻

『ヴァニティー・フェア』誌・一九一五年八月号

　さあ、今すぐこの物語を手に取りなさい。躊躇してはなりません。後回しなどもってのほか、一語たりとも読み飛ばしてはなりません。みなさんの中には自宅が燃えさかっているさなかの人もいるでしょう。妻が運転手と駆け落ちしたのを知ったばかりの人も、愛する我が子にパンをせがまれている人もいるでしょう。だがすべて無視しなさい。さあ、この物語を読むのです。

第一部のあらすじは次の通りです。ドイツと日本が偶然にも同時にアメリカに侵攻しました。日本軍はヨンカーズを占領し、ドイツ軍はキュー・ガーデンに進駐しました。ドイツ軍の最高司令官はザクセン＝ペニヒのオットー公子で、日本軍はオオキ将軍です。アメリカは残酷な侵略者を相手に、もはやなす術もありません。わが国に残された唯一の希望は、ボーイスカウトの総長であるクラレンス・チャグウォーターだけなのです。しかし、クラレンス少年がどれほど勇敢でも、敵はあまりに強大です。彼にはどんな秘策があるのでしょう？その答えはご自身の目で確かめてください。

第一章

歴史家が二十世紀の初頭について書き記すならば、おそらくこの時代を「ボードヴィル劇場の時代」と呼ぶだろう。というのも今回の大侵攻が行われた時期のアメリカを支配していたのは、まさしくボードヴィルだったからだ。観光への民衆の欲求はどこかで満たされなければならない。その役割を担う身近なものがボードヴィルだったのだ。もし短気な紳士がアイスピックで妻子を殺したとして、渦中の人物の姿にお目にかかれるのは、ごく一部の人々に限られる。もし彼が法の慣例に従って無罪放免となれば、舞台にご登場願うことになるだろう。この知的な楽しみを広く大勢の人に味わってもらおうと思えばこれが一番だ。その紳士は莫大な出演料を受け取り、ボードヴィルに出演するのである。

侵攻軍の最高司令官であるオットー公子とオオキ将軍を舞台に出演させる、

という誰でも思いつきそうなアイデアは、意外なことに一九一六年の十月半ばになって初めて出たものだった。

これを最初に思いついたのは、新進気鋭の若手劇場エージェントであるソリー・クエインだった。十九世紀後半に演劇界の帝王として君臨した人物といえばエイブラハム・コーエンだが、ソリーは彼の息子である。ソリーの兄弟のエイブ・カーンやベンジャミン・コクアン、それにジャック・コインやバーニー・コワンはみな株の市場外取引に心血を注いだ。しかし彼だけは父親の跡を継いで、いまやこの業界で指折りの存在になっていたのだった。

ソリーの脳裏にある考えが閃いた――侵攻軍の将軍たちと契約するのだ！

ソリーは行動派だった。このアイデアが浮かんでから一分以内にキース・サーキット劇場の支配人と電話で話をしていた。五分後にはザクセン＝ペニヒのオットー公子の出演に週あたり二千五百ドルを支払う同意を取り付けた。そして十分後には、オルフェルム劇場に出演することを条件に、オオキ将軍に週給二千ドルを出すとの条件も整えた。さらに十五分後には楽屋の役者を押しのけ、タクシーに転がり込んだ。行き先はヨンカーズの日本軍の野営地だった。

オオキ将軍はこの訪問者を丁重に迎えた。だが出演の話には乗り気になれなかった。芸人になるということにやはり抵抗があったのだ。苟《いやしく》も武士たるもの、禿頭のカツラを被って流行歌なぞを披露しなければならないのだろうか？　だとすればやり抜く自信がない。彼が人前で歌った唯一の経験といえば、東京での同窓会で披露した時だけである。かれこれもう二十年も昔のことだった。

「いやいや将軍」ソリーはあっけらかんとした調子で言った。「そんなことは一切ありませんよ。いいですか。あなたは舞台の主役ですが、コメディアンじゃないんですよ。一流の講師として、現代社会について朗々と語るアーティストとして登壇するのです。タイトルは『いかに私はアメリカを侵攻したか』でいきましょう。照明を落として、背景に映画を流すのです。さあ、どうです？」

週給二千ドルはオオキ将軍にとっても喉から手が出るほど魅力的だった。

「では……わしはどこに花押を書けばよい？」彼は契約書に手を伸ばした。

ドイツ軍の野営地にクエイン氏がタクシーで向かったのは、その五分後だった。スピード違反するよう道中ずっと運転手に詰め寄っていた。

クラレンス・チャグウォーターは、『センチネル』紙を発行する新聞社で下働きをしていた。クラレンスが二人の出演を知ったのはテープの情報を文字起こししていた時である。彼は不敵な笑みを浮かべた。彼の力を以《も》ってしても、侵攻軍の将軍たちを仲違いさせるのは骨が折れる。だが、それがボードヴィルの演者同士となれば話は別、赤子の手をひねるようなものだ。

　このニュースが世間で大きな話題となったのは言うまでもない。人々が思い描いたのは、将軍二人が漫才の掛け合いのような演《だ》し物をやる、というものだった。そんな期待とは裏腹に、二人が別々の劇場に出演することが明らかになると、世間は大きく落胆した。だが人々は新たに期待に胸を膨らませる。当時はさまざまな噂が飛び交っていたが、その中の一つにはオオキの特技に関するものがあった。なんでも彼はタップダンスの名手で、長年にわたって技術を磨いてきたそうだ。彼がアメリカに来た本当の目的は舞台契約なのだ、という話は多くの人の信じるところだった。オットー公子に関する噂で目立っていたのは、アル・ジョルソン[11]風の歌手としてベルリンでは確固たる名声を得ていた、というものである。また将軍たちはどちらも自転車の曲乗りでは熟練の域に達している、とも言われていた。

このように多くの憶測を生んだ出演話だったが、ついに正しい情報が伝えられた。実は二人とも何ら特技を持っていなかったのだ――劇場で披露するのは単なる講演だった。

クラレンスは一時の昼休憩になると、社屋を出てコディントン[12]で食事をとるのが常だった。この日も彼は牛乳を飲みながら、新聞記事を読んでいた。報道によると将軍たちは二人とも週に五千ドルの給料を貰っているらしい。

記事を読み終えたクラレンスが顔を上げると、目の前に十五歳くらいの少年が立っているのに気付いた。

この少年は相手がクラレンスであることを確認すると、敬礼して口を開いた。

「第十八部隊のビッグス二等兵です、閣下。情報をお持ちしました」

「続けたまえ、ビッグス二等兵」とクラレンスは促した。

「今朝、クエイン氏の事務所の前を通ると、彼が弟のコクアン氏らしき紳士とひそひそ話をしていました。将軍たちについてらしいのです。『そうだよ。報道では五千ドルって言ってたけどな』とクエイン氏が言うのです。『それをそっくりそのまま奴らにやるわけじゃないんだよ。ここだけの話、あのドイツ人には二千五百払ってやってるけど、日本人には二千なんだよ。俺は出っ歯野郎の方が稼ぐと思ってたよ。あいつはどこか笑えるところがあるからな』そう言うのが聞こえました」

「ビッグス二等兵――いや、ビッグス伍長。君はよくやった。素晴らしい情報だ！」クラレンスの目は輝いた。

「アメリカに乾杯！」そう言ってクラレンスはグラスを上げた。

「アメリカに乾杯！」部下も上官に合わせた。

この情報を最大限に利用すべく、冷静に考えをまとめたクラレンスは、ボードヴィルの週刊紙を出版するアンコール社へと急いだ。

クラレンスがアンコール社を訪れたちょうどその頃、侵入者と民衆との間に不和が広がり始めていた。初めのうちは外国に占領されたという目新しさや興奮が民衆を支配していたが、その気持ちも徐々に冷めていった。そして、アメリカ人の特徴である自己主張が再び大きくなっていたのだ。生粋のアメリカ人としては、外国に侵攻されることには不快感が付きまとう。「あの外人どもが一体なんの権利でこの地を踏み荒らしているのだ?」という声が口々に発せられた。そんな民衆の不満は募る一方で、国全体に広がっていた。その中心地であるニューヨークは、街全体が火薬庫と化していた、と言っても大袈裟ではない。そしてその火薬に火をつけるマッチ棒は、クラレンス・チャグウォーターの手に確かと握られていたのだった。

第二章

クラレンスがアンコール社を訪ねた次の木曜日は、『センチネル』紙が日本の将軍にインタビューする予定になっていた。またその日は『アンコール』紙の発行日でもあった。

『センチネル』紙の編集長は頭を抱えていた。将軍にインタビューをするのに記者を送らなければならないが、別の事件があったため、みな出払っていたのだ。悩んだ末、つい投げやりな態度になった編集長は声を上げた。

「チャグウォーターだ！　あの能無しのガキでいこう」（嘆かわしいことに『センチネル』紙の編集室では未来の救世主がこんな風に呼ばれていたのだ）

オオキ将軍は毎晩十時きっかりにパレス劇場[13]の舞台に立っていた。ボーイスカウトの閲兵が長引いたクラレンスは、十時の出番に間に合わず、将軍と入れ違いになってしまった。クラレンスが楽屋で待っていると、ようやく舞台の終わりを告げる間延びした音楽が聞こえ、見るからに上機嫌な将軍が戻ってきた。

「今日の出演はいかがでしたか?」クラレンスは礼儀正しく質問を始めた。

「ご来場の皆の衆は、甚だお喜びのようじゃった」将軍は愛想よく答えた。

「あなたはそんなに人気なのに……」このようにクラレンスは口火を切った。

「私には信じられないんです。いえ、私だけではありません。ボードヴィルのファンを代表してはっきり言わせてもらいます。ザクセン=ペニヒのオットー公子より週給が五百ドルも低いなんて不当です」

この言葉は強烈だった。武士の長い伝統を継承したはずのオオキ将軍だったが、さすがの彼でも感情を抑えることができなかった。

「なんじゃとーーーっっ?!」

「この記事をまだお読みでは……」とクラレンスは『アンコール』紙を取り出しながら言った。「それではちょっと失礼して、『アンコールが知りたいこと』という見出しなんですが、内容は――『ザクセン=ペニヒのオットー公子が出演した先週のコロニアルの舞台は大成功を収めたかどうか。報道と違ってドイツの親方が黄色いメガネよりも五百枚多くもらっているのは事実かどうか。公子のパフォーマンスを見てもなお、出っ歯よりはるかに値打ちがあると結論づけることができるかどうか……』」

激しい咽び泣きが聞こえ、クラレンスはそれ以上読み進めるのをためらった。

「そなたの言わん通りか？」

「私は書いてある通りに読んだだけです。こんなひどい話は聞いたことがありません。将軍、オットー公子があなたより稼ぐなんて間違っています」

「あの奸物の独逸《ドイツ》人がやったんじゃ！　虚言を吹聴したんじゃ！」

「仕事上での嫉妬とは、本当に情けないですね」クラレンスはさりげなく続けた。「とはいえ、あの方の評判はうなぎ登りですよ。聞くところによると、昨晩の公演では十一回もアンコールがあったそうです」

これを聞いたオオキ将軍は我慢の限界点に達した。

「待たれい」そう言った彼は歯を食いしばったまま話し続けた。「明晩じゃ。昨日は十一度もの再演《アンコール》を賜ったとな。ならば、それ以上のものをくれてやろう。罵倒の嵐じゃ！」

翌日のコロニアル劇場で起こった出来事については、さまざまな人がそれぞれの視点で異なった証言をしている。それゆえあの時何が起こったのか、詳細をたどるのは困難である。しかし、多くの目撃証言を付き合わせると、以下のことがあったのはおおむね事実のようだ。オットー公子がステージに上がり、「紳士淑女の皆さん、本日はお越しくださり……」と言ったところで、劇場のあらゆる席から怒号が発せられた。一階席からテラス席まで日本兵で埋め尽くされており、「退場せいっ！」とか「このたわけめ！」などの咆哮が続いた。これに圧倒された公子は、講演をそれ以上続けることができなくなり、ついに舞台主任が幕を下ろすよう指示するに至った。幕が下り始めると、それまでの激しいブーイングは雷鳴のような『君が代』の合唱に変わった。

二人の将軍たちが通う一軒の酒場があった。劇場の仕事を始めてからというもの、出番が終わるとその店で一杯ひっかけるのが習慣になっていた。店内では通路を塞いで立ち話をする彼らだったが、このような振る舞いは人気のある舞台人にとっては義務のようなものである。公演が大失敗に終わった公子は酒場に向かった。飲みに行くためではない。そこに行けばオオキ将軍がいると思ったからである。

彼の読みは正しかった。日本の将軍は来ていた。上機嫌な彼はバーテンダーとカウンター越しに天気の話をしていた。

将軍は何も知らないふりをして公子に会釈し、「今宵はよろしく進みましたかな？」と気さくなようすで尋ねた。

オットー公子は拳を固く握りしめた。

「おい！　今夜の舞台を台無しにするために兵士を送ったんだろ？　どうなんだ？　やったんだろ！　もう分かってるんだよ！　よく聞きなさい！　一度だけチャンスをやるよ。あんたとあんたの大事な兵隊に、今夜零時から二十四時間の猶予をやる。もうこの国から出て行ってくれ。もしもこの警告を無視したら、その時は……」

オオキ将軍はゆっくりとハイボールを飲んでから言った。

「公子殿、わしの舞台告知が『演劇鏡報《ドラマティック・ミラー》』紙に載っておること、ご存じか？『定住所は揚克斯《ヨンカーズ》』と書いてある。貴殿にはこの意味がお分かり戴けたかな？　今宵はせいぜいよき夢を、お坊ちゃん」

「つまり……」

「ああ、つまりじゃや。告知の文句は一字たりとも変えませぬぞ」

第三章

勝負は決した。この戦闘の最初の一撃から、日本軍の壊滅と降伏までの一連の詳細について描写する必要はないだろう。これについては、ベヴァリッジ上院議員、リチャード・ハーディング・デイヴィス、コーラ・ハリス、メアリー・ロバーツ・リネハート、アーネスト・プール、パースバル・ギボン、ロバート・ダン、ジョン・リード、アーヴィン・コブなど[14]がまとめた流麗な記録がすでにある。その他にも大勢の有能なアメリカ人たちが、タイプライターを酷使しすぎてダメにする程、大部で詳細な記述をしてくれている。もはや私の描写など蛇足にもならないだろう。

日本軍は惨憺たる状態だったが、ドイツ軍の方とてその勝利にはかなりの代償を払った。殲滅作戦を決行したドイツ軍は日本軍の軍営地があるヨンカーズの森に突撃したのだが、急斜面を駆け上がって総攻撃を仕掛けたドイツ軍の方も結果的に戦力のほとんどを失ったのだ。

戦闘に勝利したザクセン＝ペニヒのオットー公子は野営テントで眠っていた。彼は疲れきっていた。神経が消耗していたのは事実だったし、ひどい天候下で行われた戦闘だったから、通常より苦戦したのも事実だ。だが、それ以外にも彼を疲弊させるさまざまな仕事があった。インタビューやサインに応えたり、写真撮影のために椅子に座ったり、新しい医薬品や煙草の推薦文を作成し、さらにはムービング・ピクチャーズとの契約書への署名もした。負担は大きかったが、求める声が途絶えないというのは有名税のようなものだから仕方ないと割り切っていた。また彼はこの戦闘のさなか、ひどい風邪に罹ってしまった。ぐっすり眠る彼のベッドサイドテーブルにはアンモニア入りキニーネの瓶が置いてあった。

公子の野営テントのフラップが静かに開き、二人の人物が入ってきた。彼らはどちらもボーイスカウトの制服を着ていた。だが二人のうち、眼鏡をかけた人物からは威厳がにじみ出ており、より高い身分であることを物語っていた。

「ワグスタッフ隊長。起こせ！」

ワグスタッフ隊長が公子の肩を揺すると、彼は目をパチクリしながら起き上がった。

「イッ、イッ、イッ、イッダイどういうヅモリだ?·」風邪でひどい鼻声だった公子は、驚きのあまりどもってしまった。彼は続けて言った。「誰もゴゴにはビレないように、マバリにはハッギリ言ッダだろう。誰だね？　ドゴガのジンフンギジャならガエッテくれ。アジダのアザにギナザイ。誰だね？　ズッ、ズッ、ズガダをビゼナザイ！」

眼鏡を掛けた上官がすっと公子の前に出た。

「私はアメリカだ」上官は崇高さ漂う身振りでそう言い切った。

「アメリガ！　ギミがアメリガダドはどういうビビだね？　ビビがワガランよ」

公子の返答に眉をひそめたクラレンスは続けた。

「私はアメリカだと言ったのです。私はボーイスカウトの総長です。そしてボーイスカウトというのはアメリカそのものです。オットー公子、あなたはアメリカがひれ伏したままだと思っていたようだが、それは間違いだ。ボーイスカウトはじっとチャンスを窺っていたのです。そして今がその時だ。ワグスタッフ隊長、あれを」

公子は顔を上げた。ワグスタッフは公子に向けてパチンコを構えていた。両者の距離はわずか五、六十センチほどだった。

「デ、何がノゾビだ?」恨みを込めた目つきで公子は言った。

「抵抗しても無駄ですよ」とクラレンスは言った。「私が長らく待った瞬間がやってきたのです。戦いで疲弊しきったあなたの兵は、もはやボロ雑巾のようでしたよ。撃破するのは簡単でした。一時間ほど前ですが、この野営はパチンコとホッケースティックで武装したスカウト隊によって包囲されたのです。我々のたった一度の突撃で勝負は決しました。今やあなたを含め、すべてのドイツ兵は私の捕虜なのです」

「あのヤグダダヅらめ」呆然としながら公子は言った。

「祖国アメリカよ」と声高らかに言ったクラレンスの顔は、敬虔神聖なる愛国心で輝いていた。「汝は救われた。汝は死して灰となり、そして蘇ったのだ。

世界中の人々よ、この奇跡から学びたまえ。侮るな・もっとも怖き・アメリカなりにけり……」

「ブンボウがまヂガッデいる」公子は批判的に述べた。

「間違ってませんよ」クラレンスは惨めな相手を諭すように言った。

「いや」公子は言った。『ナリニゲリ』はカゴゲイでジアマリ」

クラレンスの目が怒りに燃えた。

「お前の屁理屈に付き合っている暇はない」彼は一方的に話を打ち切った。

「ワグスタッフ隊長、捕虜を連行しろ」

「マジガイはマジガイだ」公子は言った。『ナリニゲリ』はカゴゲイでジアマリだ」

クラレンスは黙ってドアを指した。

「お前もワガッデいるだろう」公子はしつこく迫った。「あれでお前のリッパなエンゼヅがダイナジにナッダゴドガ。あれのゼイで」

「さあ、早く来るんだ」ワグスタッフ隊長がさえぎった。

「ワダジハギデルジャないガ。ゾウだろ。ワダジがイイダイのはダダ……」

「あとでお前のスネをぶっ叩いてやるからな！　来い！」隊長の脅しはよく効いた。

　公子はついて行った。


　ここはコロニアル劇場の明るく照らされた客席である。

　劇場内はざわめきで一杯である。

　着飾った男女が興奮した様子でひそひそ話をしている。あちこちから聞こえてくる言葉は次のようなものだ。

「まだかなりお若いんじゃありません？」

「聞くところによると週給一万ドルだそうだよ」

「本当ですの？　例の将軍たちよりも多いんですのね。あの人たちはひどい素人でしたもの」

「確かに大金だよ。でもあの子はこの国を救ったんだから」

　オーケストラが演奏を止める。数字の七番が表示される。幕が上がるにつれ拍手喝采で空間は満たされていく。

肥った男がしわの寄った礼服で舞台に登場する。

「今夜は皆様にある方を紹介する栄誉に与りました。『誰が出てくる？』なんて野暮なことは聞かないでくださいな。皆様お目当てのあの少年です。アメリカの英雄です。残忍な外国の圧政者から私たちの愛するアメリカを救った救世主です。苦難の時は終わりました。あの少年がいたからです。愛する我が家の団欒を侵略者から守る方法をたった一人で考え出しました。そこには知恵と、それと、えー、言うなれば——知恵があったのです。この英雄は誰もがご存じのキルケニーの猫の先例にならって、彼らが鋭い爪で互いに引っ掻き合うよう仕向けました。そして、勇敢なボーイスカウトを従えて、勇ましく突撃したのです。こうして侵略者の残党兵にはきついお灸が据えられたわけです。最後にちょっぴり付け加えますと、この英雄はコロニアル劇場の独占契約です。これまでのボードヴィル業界の常識では考えられないほど破格の条件を提示しました。それから最後に一つだけ付け加えます。舞台の内容についてです。本当にこれで最後です。この英雄はまずボーイスカウトが得意とするさまざまな技を披露してくれます。雄牛のように低く唸ったり、モリバトのように喉を鳴らします。それから動物の鳴き声を披露してくれます。これは、皆様ご存じの通り、どれもが本物の動物そっくりです。疑うお客様が多いので、あらかじめ申し上げておきますが、この方の口の中には何も入っていません。潔白を証明するために、実技の前には皆様の前でうがいをしてもらいます。こうすれば小細工などできませんからね。ご来場の皆様、私からの説明は以上です。私に残る役目は、英雄をこの舞台に呼ぶのみです。皆様お迎えください、アメリカの愛すべき少年、祖国の英雄、そして唯一無二のアメリカの誇り――我らがクラレンス・チャグウォーターです！」

皆が息を飲む。オーケストラが一斉に演奏を始める。観客は立ち上がり、大歓声が上がる。

小柄だが体格の良い鼈甲眼鏡の少年が舞台に現れる。

彼こそが運命に選ばれしクラレンス少年である。

訳註

『スウープ！』

1．**ベーデン＝パウエル将軍**：ロバート・スティーヴンソン・スミス・ベーデン＝パウエル（一八五七–一九四一）のこと。ボーイスカウトの創設者である。彼は大佐だった一八九九年、第二次ボーア戦争中の南アフリカへ拠点維持のために配属された。隊を率いた彼はマフェキングという場所に陣を構えたのだが、そこでボーア軍に包囲されてしまう。敵軍八千に対して千五百という兵力しか持たず、隊の殲滅が避けられない状況に陥った。しかしベーデン＝パウエルは守備に徹底し、救援されるまで七ヶ月以上も持ちこたえた。味方の半数以上が戦死したこの戦いだったが、マフェキングの防衛に成功したことで彼は国民的英雄となる。この包囲に耐えるために彼は少年達を組織し、伝令や見張りなどをやらせた。この経験がのちのボーイスカウトの創設につながる。

2．**オールドウィッチ**：通りの名前とその周辺の地域を指す。ロンドンの都心にあり、王立裁判所などがある。

3．**カブ**：ここでのカブとは幼い動物を意味する［cub］ではなく植物のカブ［turnip］である。カブは野ウサギの食害に遭う代表的な野菜である。カブが鳴き声を上げるというのはあり得ないが、一七八六年のサミュエル・ジョンソンによる「父親の死を泣かない者が、カブのことで泣くならば……」という言葉で始まる詩を引用しているのかもしれない。この詩は語順が倒置されているので、平叙文の語順かつ、カブを単数扱いすれば、「カブが泣(鳴)く」、あるいは「カブが鳴き声を上げる」のように解釈することもできる。

4. **ちかい**：ボーイスカウトの「スカウトのちかい」には「スカウトは、いかなる苦境にあっても微笑み、口笛を吹く」というものがある。

5. **こん棒投げ**：これは［squaler］というもので、洋梨ほどの大きさの鉛球を十八インチほどの木の棒につけた武器である。こん棒と訳を付けたが、投げ道具である。

6. **テーブル・ゲーム**：原文では［Pop in Taw］となっている。これは卓上ゲームで有名なアメリカのパーカー・ブラザーズがロンドンに設立したパーカー・ゲームズ社より売り出された玩具である。四つの「コーン」と十数個の玉、そして四つの手板を一セットにして販売していた。遊び方はテーブルの上に置いた玉を手板ですくい上げ、自分のコーンに入れるというもの。最初にコーンを満たした人が勝ちである。

7. **フライ**：チャールズ・ベーゼス・フライ(一八七二—一九五六)のこと。イギリスを代表するクリケット選手で当時は人気が高かった。この作品が出版された一九〇九年にハンプシャーに移籍するが、それまではサセックスでキャプテンを務めていた。

8. **ジ・アッシズ選手権**：イングランドとオーストラリア間で現在も行われているクリケットの代表試合のこと。特にこの二国の戦いをジ・アッシズ(灰の意)と呼ぶが、これは一八八二年にイングランドが自国の本拠地のオーバルで負けた際、スポーツ新聞が皮肉を込めて死亡記事を出したことに由来する。その記事ではイングランドは火葬され、遺灰をオーストラリアが持って帰ったというものである。その後行われたオーストラリアでの試合に際して、イングランドのキャプテンが遺灰を取り戻すと発言したことが、メディアで大きく取り上げられた。それ以降、両国の試合は「ジ・アッシズ」と呼ばれている。

9．**ウィブリーウォブ**：テーブルで行う家庭用のサッカーゲーム。ワイヤーでできたゴールを向かい合うテーブルの両端に取り付け、パックと呼ばれる丸餅のような形のボールを木の板で打ち合う。一九〇二年に英国で誕生したようである。一九〇三年にはクリケット選手のフライ（訳註7「フライ」を参照）がこのゲームを楽しんでいるとの『パンチ』誌の記事がある。

10．**スピロポール**：一八九七年にイギリスで登場したゲーム。野外で行うものだが、狭い場所でも遊べることを売りにしている。ポールの一方の先端とボールが紐で繋がっており、ポールを地面などに立て、打ち合って遊ぶ。

11．**スピリキンズ**：中国の易経をもとにドイツで十九世紀中頃に作られたゲームのようである。山積みされた棒を一本ずつ引き抜いていくというもの。将棋の駒で行う山崩しに似ている。

12．**パフフェザー**：羽根を吹き上げる遊び。一九〇〇年代の新聞に書かれてある遊び方は次の通りである。まず、プレイヤーたちは出来るだけ隙間なくテーブルを囲み、最初のプレイヤーがテーブルの真上を目掛けて羽根を吹き上げる。他のプレイヤーは羽根が落ちるまでは息を殺し、じっとしていなければならない。そして落ちてきた羽根に触れたプレイヤーが失格となる。一九三〇年代には、テーブルの代わりに大きめの紙を皆で持つ、というやり方が主流になったようだ。

13. **アニマル・グラブ**：カードゲームの一種で一八八六年にイギリスで誕生したようである。このカードの説明書には次のような遊び方の記載がある。五十二枚のカードをプレイヤーに配る。すべてのカードには動物の絵が描かれてあり、配り終えるとプレイヤーはカードを一枚ずつ表にして重ねていく。既出のカードと同じカードが置かれた場合には、その時にカードを出したプレイヤー、あるいはその以前に出したプレイヤーが描かれた動物の声を真似る。先に正しく動物の声を出したプレイヤーが積まれたカードを総取りできる。これを続けていき五十二枚すべてを一人のプレーヤーが取ればゲームは終了となる。

14. **選手権**：ウィブリーウォブからアニマル・グラブに至るまで選手権（国際試合）が行われているとレジーは主張しているが、それらはどれも家庭用のゲームであり、そのような規模の試合が行われた記録もない。クリケットやゴルフと並べ、これらがさも立派なものであるかのように語っている箇所である。

15. **クロッケー**：ゲートボールの元祖とされるゲーム。遊び方はボールをマレット（木槌）で打ち、順番にフープ（ゲート）をくぐらせるというもの。その由来は諸説あるが、フランスで誕生したのち、チャールズ二世統治下の十七世紀イギリスで広まったという説が有力である。

16. **イップアディ**：一九〇九年当時の流行歌に『イップアディアイエイ』というものがあり、それに因んでつけられた名前と考えられる。その歌の歌詞は若いセロ弾きが奏でる音楽に魅了されたある女性と、その女性に一目惚れしたセロ弾きの話である。ダンスホールで出会った二人は意気投合し結婚するのだが、その初夜の時にまでセロを弾くことを迫られて彼がうんざりするという内容である。このようなオチがついた歌詞に合わせ曲調は軽快である。

17. **ピエ・ダ・テール**：フランス語の文字通りの意味は「足場」である。小さなセカンドハウスという意味で使われる。

18. **『イッシ・オン・パルレ・フランセ』**：トマス・ウィリアムズ（一八二四－一八七四）原作のコメディー劇のこと。一八五九年のロンドンのアデルフィ・シアターでの初演を皮切りにアイルランド、ニューヨーク、南アフリカなどで次々と公演され、半世紀以上にわたるロングランとなった。

19. **狂気のムッラー**：サイイド・ムハンマド・アブドゥラー・ハッサン（一八五六－一九二〇）の別名。ハッサンはソマリアでイスラム教国のダラーウィーシュを建国し、独立運動を指揮していた。この作品発表当時は彼の最盛期に当たり、一九〇八年からは休戦状態だったイギリスと再び戦争をしている。この独立運動は彼が亡くなる一九二〇年まで続いた。

20. **ライム・リージス**：イングランド南西部のドーセット州西端にある港町。

21. **移動更衣室**：海水浴場で着替えをする際、他人に見られないようにするための簡易な設備。大きな車輪が取り付けられたこの更衣室は、人目を避けるため浅瀬に移動させ、その中で着替えが行われていた。十八世紀に誕生したとされ、十九世紀末のライム・リージスではたくさんの移動更衣室が海中に陣取っていたようだ。

22. **フルクストゥフラ**：ウェールズの架空の町名。原文ではLを三つ重ね母音を入れない。ウェールズ語を知らない人なら、まず読めない。ここでは、そのようなウェールズ語の発音や綴りの特徴を揶揄しているのだろう。

23. **エヴァンズとジョーンズ**：どちらもウェールズに多い姓。

24. **クライド湾のオークタマクティ**：オークタマクティはスコットランド東岸のテイ湾とフォース湾の中間にある内陸の町で、西岸のクライド湾沿いには存在しない。このように二つは無関係だが、その特徴的な町の名前とスコットランドに湾が多数あることを茶化して両者を混ぜたのだろう。

25. **青年トルコ人**：オスマン帝国を支配していたアブデュルハミト二世の専制政治に抵抗し、一九〇八年の青年トルコ人革命を成功させた青年将校を中心とするグループのこと。

26. **スカーバラ**：北ヨークシャー沿岸部の町。

27. **ライズニー**：ムーライ・アハメット・アル＝ライズニー（一八七一－一九二五）のこと。モロッコ北部にいたジュバラ族の首長。彼は有力者を誘拐しては身代金や仲間の解放を幾度となく要求したことから、イギリスなどでは山賊と呼ばれた。その一方でモロッコ人からは英雄視されていた。彼が起こした事件でもっとも有名なのはアメリカ人の富豪を誘拐したペーディキャリス事件（一九〇四）である。

28. **ボリゴラ島**：存在しない架空の島。

29. **バンク・ホリデー**：イギリスの祝日。この祝日法は銀行など金融機関に従事する者を対象に休暇を与えるものだった。だが、その取引先なども休みを取るようになったことから、次第に国民全体の休日となっていく。本来、この法律は銀行員たちがクリケットの試合を観られるよう配慮して制定された休みだった。それゆえ、この日に合わせてスポーツの大きな試合が行われるようになった。

30. **クリスティ・ミンストレルズ**：アメリカ人歌手のエドウィン・P・クリスティ（一八一五–一八六二）によって一八四三年に結成された、黒人奴隷に扮して歌や身振りで笑わせる芸人一座。イギリスでの初演はロンドンの聖ジェームズ劇場で一八五七年に行われた。

31. **チャールズ・フローマン**：当時のアメリカの演劇界を牛耳っていたプロデューサー、チャールズ・フローマン（一八五六–一九一五）のこと。

32. **ムーアとバージェス**：黒人に扮したコメディー劇団の名前。

33. **アンクル・ボーン**：ミンストレルズではボーンと呼ぶカスタネットに似た楽器を演奏する役者をアンクル・ボーンというが、ここでは黒人奴隷の半生を描いたストウ夫人の『アンクル・トムの小屋』とかけていると思われる。

34. **見切り夫人旅団**：「見切り」は舞台の両袖にあるついたてのことだが、アンクル・ボーンと合わせて、ここでは砂浜が劇場に見立てられている。

35. **一ペニー三回**：遊園地や観光地などで行われていたゲーム。立てた棒に乗せた標的めがけて、指定された場所から球を投げるというもの。標的を落とせば賞品（賞金）がもらえる。一ペニーで三度投げることができたことからこの名前がついた。

36. **ニシンの燻製**：ヤーマスの特産品。塩水につけて軽く燻したニシンである。内臓を取らないため独特の臭いがするという。十九世紀から二十世紀の初頭にかけて人気があった。

37. **ニューイントン・バッツ**：ロンドンのサザークに当時存在した地名。

38. **クエルチ同志**：ハリー・クエルチ（一八五八－一九一三）のこと。初期のマルキストでイギリスの社会民主主義運動を牽引した人物。

39. **スミス氏**：ジェームズ・アイクマン・スミス（一八五九－一九三一）のこと。ラグビーでスコットランドの代表選手だった彼はのちにスコティッシュ・ラグビー・ユニオンの事務局長となる。彼は非常に影響力があった人物で、スコットランドにおける「ラグビー界の独裁者」「ラグビー界のナポレオン」などと呼ばれていた。

40. **C・J・B・マリオット氏**：チャールズ・ジョン・ブルース・マリオット（一八六一－一九三六）のこと。ラグビーのフォワードとして一八八四年から四年間イングランドの代表を担った人物である。選手引退後はラグビー・フットボール・ユニオンの事務局長を務めた。当初、この協会はラグビーやフットボールの選手が賃金を得て競技をすることに強く反対していた。イギリスのスポーツがアマチュアからプロフェッショナルへと移行する過渡期にこの作品は出版された。

41. **辛辣な手紙**：これは選手に金銭が支給されたことへの強い抗議である。具体的には一九〇九年一月にスミスがマリオットに送った一連の手紙のこと。スミスが問題としたのは、ニュージーランドとオーストラリアの代表選手に対して、ラグビー・フットボール・ユニオンから一日あたり三シリングが支給されたことだった。スコティッシュ・ラグビー・ユニオンはこれをアマチュアリズムを汚すものだとみなし、抗議したのである。これについてラグビー・フットボール・ユニオンは日当を与えたと誤解を受ける可能性があることを認め、今後は選手に金銭を与えないとの結論に至った。

42. **国防義勇軍**：一九〇八年に組織された志願兵の組織。それ以前にも英国には陸軍を補完するものとして篤志隊や民兵隊があったが、それでも国内の防衛力不足の指摘は続いていた。そのためそれらの補助的戦力を統合するものとしてこの軍が創設されたのである。第一次大戦では正規軍を非戦闘任務から解放するために西部戦線などに送られた。

43. **帝国境界守備隊**：ロジャー・ピーコックというボーア戦争の退役軍人によって設立された民間団体。海外の領土が侵攻されることへの懸念がその設立の動機である。その活動は有事の際には帝国の領土を守ること、平時には監視を行うこととされた。

44. **テディ・ボーイズ**：英国ポップカルチャーのそれとは別である。一九〇九年当時は国防義勇軍を讃える『勇敢なテディ・ボーイズ』という歌が流行していた。この「テディ」とはエドワード七世の愛称である。

45．**ラ・ミロ：**オーストラリアの女優で本名はパンジー・モンタギュー（一八八五‐?）。全裸で馬に乗り、重税に対する抗議をした十一世紀のゴディバ夫人を演じた。一九〇六年にロンドン・パヴィリオンに出演したラ・ミロは「生ける彫刻」という触れ込みで、観衆の前で裸体を披露した。裸になることで人気を博した彼女は、続けてゴディバ夫人を演じることとなり、翌年の八月には史実通り、コヴェントリーにて馬に乗って行進をした。これを一目見ようと通りには三万人もの観衆が集まったという。一九〇七年から翌年には英国各地の劇場で同じ役を演じている。しかし、マンチェスター当局はこれが卑猥との理由で彼女の出演を禁止した。これはゴディバ夫人役としてのラ・ミロに限定したものではなく、彼女が出演すること自体を禁止する厳しいものだった。

46．**チャールズワス女史：**メイ（ヴァイオレット）・チャールズワス（一八八四‐一九五七?）のこと。イギリスの結婚詐欺師である。彼女は一九〇九年一月に自動車事故死を装って姿を消した。同乗していたとされる彼女の妹の証言は次の通りである。姉が自動車を運転していたところ何者かに発砲され、弾丸はフロントガラスを突き破り姉に命中した。そして自動車が壁に衝突した後、姉は車外に放り出されて崖から転落した、というものだ。この事件は発生当初より疑惑に満ちていた。メイ・チャールズワスは七万五千ポンドもの莫大な遺産を二十五歳になれば受け取れると嘘をつき、彼女との結婚を考える男たちから合計一万五千以上ポンドもの金を借りていた。そして二十五歳になるのを目前にその負債を帳消ししようと死を装ったものと思われる。彼女の失踪と、その後の破産手続きは世間の関心を広く集めた。彼女は失踪から約三週間後にスコットランドのホテルで発見され、事件翌月にはロンドンのコリンズ・ミュージック・ホールに出演している。

47. **ホレイショ・ボトムリー氏：** ホレイショ・ボトムリー（一八六〇－一九三三）は自由党所属の庶民院議員で『ジョン・ブル』誌のオーナー兼主筆だった。一八九二年に廃刊となった『ジョン・ブル』紙の日曜版を雑誌として一九〇六年に復活させた。ゴシップ報道に重点を置くこの雑誌は人気となり、一九一〇年には五十万部もの発行部数を記録した。

48. **幾人かの勅選弁護人：** ロバート・スタンディッシュ・シエバー（一八六〇－一九三九）とジャック（アイザック）・バーナート・ジョエル（一八六二－一九四〇）の裁判に言及したもの。この裁判は『ウィニング・ポスト』紙を経営するシエバーが、富豪で逮捕歴のあるジョエルに対し、自分の新聞を使って過去の逮捕状などを掲載すると脅し、金銭を受け取ったという恐喝事件である。この一連の裁判は一九〇八年当時大変な話題となった。

49. **老ミューア氏：** リチャード・デイビッド・ミューア（一八五七－一九二四）のこと。彼は右記の裁判でシエバー側の弁護人となった。彼は検事としてキャリアを積んだ一流の弁護士だったが勅選弁護士になることは拒み続けた。この裁判では彼を除く三人の弁護人すべてが勅選弁護士である。

50. **ドリュー警部：** エドワード・ドリュー（生没年不詳）のこと。彼はロンドン警視庁の警部だった人物で、変装をして様々な事件を解決することで有名だった。彼はシエバーを逮捕した一方、ジョエルの自宅の庭に潜入し、会話を盗み聞きするという問題行為も行った。しかも不法に盗み聞きした内容を裁判で証言している。彼はその直後に辞職したため、事件がその直接的な原因であることが噂されていたが、あくまで個人的なことだと辞職理由の詳細は語らなかった。

51. **ハーバート・グラッドストン氏：**ハーバート・グラッドストン（一八五四―一九三〇）は当時の内務大臣。彼は一九〇五年に不法移民を取り締まる目的で移民法を作った。だが、人道的な側面が強く、難民であると自己申告すれば大して調べられることなく入国できてしまう仕組みだったため、この法律はあまり機能していなかったようである。

52. **ジョージ・ロバート・シムズ氏：**ジョージ・ロバート・シムズ（一八四七―一九二二）はロンドンの貧困問題に注力したジャーナリストで、詩や小説、舞台の脚本なども書いている。彼が特に有名だったのはダゴネットというペンネームで執筆した「胡椒草（マスタード・アンド・クレス）」というユーモア溢れるコラムで、スポーツ新聞の『レフリー』紙で週に一度、一八七七年から一度の休みもなく四十五年間も連載した。

53. **ヘンリー・ペリシエ氏：**ヘンリー・ガブリエル・ペリシエ（一八七四―一九一三）のこと。彼は「フォーリーズ」（愚か者）というコメディー劇団を率いていた。一九〇六年にはエドワード七世とアレグザンドリア王妃の前でワーグナーのパロディーを披露している。

54. **検閲官を撃ち殺す：**ペリシエは有名な物語を端的に面白く脚色しているが、彼はそれを「ポットする」と言っていた。また「ポットする」というのは撃つ（撃ち殺す）という意味もある。一九〇九年当時は『イギリス男子の家』という劇が絶大な人気を誇り、志願兵を急増させたと言われる。彼はそのパロディーを上演しようとしたが当局に禁止されてしまった。すると今度はその検閲行為自体を彼はポットしたのである。その内容は、劇場の幕がまだ閉じている時に、ペリシエ本人が登場し、検閲によって芝居を上演できなくなったことを観客に謝罪するところから始まる。すると緞帳の裏ではライフルによる銃撃音が突然鳴り響く。ペリシエはその侵入者を止めようと緞帳の中に頭を突っ込むが、間に合わずに幕が開いてしまう。するとめちゃくちゃに破壊された「ブリタニアの家」(『イギリス男子の家』を想起させようとしている)が現れる。そして、その壊された家の屋根の上では猫が鳴いている、という内容の短い劇である。

55. **ロバート・フィッツシモンズ氏**：ロバート・ジェームス・フィッツシモンズ(一八六三―一九一七)のこと。彼はヘビー級、ミドル級、ライト級と三階級制覇したボクシングの伝説的選手である。本作発表当時はその最盛期をとっくに過ぎていたが、メディアではその行動や発言がよく取り上げられていた。

56. **負ける理由はない**：彼の言い訳がましさを誇張した表現だと思われる。これは一九〇七年のジャック・ジョンソンとの試合がいい例だろう。フィッツシモンズはこの試合前のスピーチで、「腕に少し痛みがあるが、皆をがっかりさせたくないから戦う」と、すでに言い訳作りを始めている。当時二十九歳だったジョンソンとの試合では、終始圧倒的な劣勢で、無傷の相手からわずか二ラウンドでノックアウトされる。トミー・キーナンなる人物はこの試合でレフリーを務める予定だったが、フィッツシモンズの腕が折れていることを直前に知ったためにリングを降りたと彼の援護をした。このように仲間を作って保身に走ることは、彼が言い訳がましいという印象をより大きく、そして目立つものにする悪い効果をもたらしているだろう。

57. **クリスタル・パレス**：一八五一年のロンドン万博の会場として建設されたもので、当時は英国の栄華を誇る象徴的な建物だった。だが高い観光収入が見込める日曜日を休館日とするなど、商売下手なところがあり経営状態は初めから悪かった。莫大な建設費用を完済する見通しを立てられないまま老朽化していく一方のクリスタル・パレスは、特に一八九〇年代からは観光客の減少が目立つようになり、この作品が出版された当時は破産寸前に追い込まれていた。

58. **ウィリズ判事**：ウィリアム・ウィリズ（一八三五–一九一二）のこと。一九〇六年からロンドンのサザークにある州裁判所の判事をしていた。歯に衣着せぬ発言が人気だったようで、一九〇七年には法廷で自身を社会主義者だと宣言し話題となっている。

59. **スコッティ**：アントニオ・スコッティ（一八六六–一九三六）のこと。イタリア人オペラ歌手。彼はニューヨークのメトロポリタン・オペラに所属し、本作発表当時はコヴェント・ガーデンのロイヤル・オペラ座で定期的に公演していた。

60. **スコットランドはどうなるんだ？**：『マクベス』第四幕第三場にて、暴君が統治するスコットランドの様子を、マクダフがいとこのロスに尋ねる台詞。

61. **ルイス・ウォーラー氏**：ルイス・ウォーラー（一八六〇–一九一五）は俳優で劇場の支配人だ

った人物。彼はシェイクスピアの作品を好んで上演していた。俳優としても活動し、ワイルドの『つまらぬ女』や『真面目が肝心』にも出演している。

62. **何人でもかかってきなさい**：ウォーラーがシェイクスピアの劇を好んだことを考えると、ここではジュリアス・シーザー暗殺の場面を引用していると思われる。

63. **シーモア・ヒックス氏**：エドワード・シーモア・ヒックス（一八七一―一九四九）は俳優で脚本家、劇場の経営者。一九〇五年と一九〇六年にはそれぞれオールドウィッチ座とヒックス座（現在のギールグッド座）の共同経営者となった。どちらもウエスト・エンドの劇場である。

64. **ジョージ・エドワーズ氏**：ジョージ・ジョセフ・エドワーズ（一八五五―一九一五）は劇場の経営者で興行主。彼は多くの劇場の経営に参加し、本作発表当時は最も成功した劇場支配人の一人だった。

65. **心配だと語った**：この二人は旧知の仲。まだ無名だったヒックスがエドワーズのガイアティー座に出演したことがきっかけで、ヒックスは彼の一座に加わり成功を収めるようになる。本作発表当時に話題となっていたのは、エドワーズとヒックスが主催したビューティー・コンテストである。これは新人発掘のオーディションだったが、芝居や歌の経験を積んでいない素人を外見の美しさだけで登用することへの批判は大きかった。いずれにしても、ここでウッドハウスが揶揄しているのは、劇場の大物二人の蜜月ぶりだろう。

66. **『アンサー』紙**：『タイムズ』紙を含め多くの新聞・雑誌を傘下に収めたアルフレッド・ハーム

ズワスが創刊した新聞。読者の質問に答えるという形式だが、実際の質問には採用できるほど興味深いものが少なく、記者が質問を創作するということが頻繁に行われていた。その内容は首を吊るとどのような感覚に襲われるか、首を刎ねられた後どれくらい意識があるか、などといった低俗な好奇心に応えようとするものが多かった。

67. **フィッシャー氏**：ジョン・アーバスノット・フィッシャー（一八四一－一九二〇）のこと。彼は一九〇五年より第一海軍卿となり、ドイツとの建艦競争を牽引した。彼が設計したドレッドノートはあまりに革新的で、それ以前に建造された軍艦をすべて時代遅れのものとしてしまった。そのため世界一の軍艦数を誇ったイギリスは転じて世界一多くの旧式艦を抱えることとなった。

68. **エッピング**：ロンドンとその東にあるエセックスにまたがる二千四百ヘクタールの森林地帯。ここでウォッカコフ率いるロシア軍は三重の間違いを犯している。それは、エッピングでの狩猟行為（エッピング・ハント）は時代遅れで格好悪いものだったこと、また、この地帯での伝統はキツネ狩りではなく雄鹿狩りだったこと、さらには、森林の保護活動が盛んな地域だったことである。エッピング・ハントには十三世紀からの長い歴史があり、イースターの月曜日に行われる王侯貴族による狩猟は、ロンドン中から多くの見物人が集まる一大イベントだった。ところが、十八世紀になると新興富裕層が狩猟に参加するようになり、かつてあった品位はずいぶん下がった。それを契機にエッピング・ハントの人気は下降し、十九世紀初頭には嘲笑されるほどになってしまった。その後、十九世紀の中頃に、この森の近隣にあったハイノーの森が無計画な開発でほとんどが消失してしまう事態が発生したことから、ロンドン市民は危機感を覚え、エッピングを守るべく森の大規模な所有権の保有（囲い込み）に対し抗議活動を行う。このような活動が実を結び、ヴィクトリア女王はここが一部の地権者のものではなく、人々の森であることを宣言するに至る。エッピングの森は環境問題が提起された初期の例であり、また地元の人々が愛し、守っている場所でもある。

69．**『ハゲタカの急襲』**：ジェームズ・ブライス（一八六四－一九三三）による、ドイツのイギリス侵攻を描いた小説。当時はこのような内容の小説が溢れていた。また、『スウープ！』の発売直前に連載が始まったことから、ウッドハウスはその内容までは知らなかっただろう。

70．**パーリー**：サリー州にあった町。作品発表当時は人口は三千人ほどと小規模だった。一九六五年にロンドンに編入された。

71．**グレイソン**：ヴィクター・グレイソン（一八八一－一九二〇？）のこと。彼はリバプールのスラム出身の社会主義者で、一九〇七年に労働党の支持を受けて二十六歳の若さで下院議員に当選した。議員としての彼は、党の意見に従わないことや飲酒癖もあり、数々の問題行動を起こしている。本作発表の二ヶ月前には、講演をすっぽかすため、友人に自身を誘拐させるということまでやってのけている。一九〇〇年代で最も有名だった社会主義者の一人だが、再選を果たすことなく、わずか三年で議員生活を終えた。その後も社会主義者として活動は続けていく。彼は一九二〇年に本当に失踪し、その後は見つかっていない。暗殺されたとも言われている。

72. **街づくり計画**：ロンドン郡議会によるスラム浄化計画のこと。過密で不健全な住宅が密集するロンドン市内のスラムはかねてより問題視されてきた。前年に発足したこの議会が一八八九年から始めた第一次浄化活動では、不健全な地域の土地を時価で買い上げ、住宅を取り壊し、地域の入居者を現行の二分の一以下とするなど、抜本的かつ強権的な政策がとられていた。しかし議会の予算不足や家主の強い抵抗などがあり、この計画はうまくいかなかった。一八九八年からの活動では、入居者の制限を撤廃したり、住宅を郊外に建設して転出を促したりするなど、より宥和的な政策となる。

73. **アルバート・ホール**：イギリスを代表するコンサート・ホール。ヴィクトリア女王の夫であるアルバート公が建設を指示したが、彼はその完成を見ないまま亡くなった。一八七一年のオープニング・セレモニーでは女王が開業の宣言を行っている。

74. **ウィットフィールズ・タバナクル**：ジョージ・ウィットフィールド（一七一四－一七七〇）が作った礼拝堂。この名前を冠したメソジスト派の礼拝堂は複数あるが、本作で言及されるのは大英博物館から北西に約三百メートルという都心に位置する建物である。一七五六年に初代の礼拝堂が作られ、一八五七年に火災で焼失した。本作発表時の建物は一八九〇年に再建されたもの。ここではアルバート・ホールや王立アカデミーと並べて記述されているが、それらと比較するに値するような建物ではない。十九世紀のことだが、この教会は死体業者の間で有名で、その墓地に埋葬される死体は盛んに取引されていたという。さらに、この教会は一八五七年に焼失してから一八九〇年に再建されるまで、三十年以上に渡り手付かずで、悪臭漂う酷い状態だったらしい。都心で人目につくぶん、薄気味悪い場所として人々の記憶に焼き付いていたのかもしれない。この建物が教会ではなく、タバナクル（幕屋）と名付けられたのは、メソジスト運動（信仰覚醒運動）を牽引していたウィットフィールドが、英国教会から脅威と見なされないよう一時的な施設であることを強調したためである。なお、ウィットフィールドは演劇を不道徳とする演説を行い、演劇界から激しい反発を受けたこともある。

75. **王立学術院**：ピカデリーというロンドンでも最も賑わう地域にある美術学校で、美術館を併設する。建物はバリントン・ハウスと呼ばれる十八世紀の建築で、壮大かつ威厳がある。

76. **大好きなマクレーン**：モロッコ軍の指導者でスコットランド人のカイド・マクレーン（一八四八-一九二〇）のこと。彼は一九〇七年にライズニーに誘拐された。交渉の結果ライズニーは二万ポンドもの身代金を手にした。マクレーンはモロッコ皇帝の依頼を受けて軍の指導をしていた。当時のモロッコ軍は山賊と対立しており、マクレーンは和平交渉のため、タンジェにいるライズニーのキャンプを訪れた。そこで誘拐されたのである。

77. **スリッパリー・サム**：トランプで行うギャンブルの一種。レッド・ドッグと呼ばれるゲームの派生形である。

78. **ロシア人を引っ掻く**：十九世紀初頭からフランスなどでは「ロシア人を引っ掻くとタタール人が現れる」と言われるようになった。かつてモンゴルがロシアのほぼ全域を占領したことから、タタール人（タタール人と言われるが実際はモンゴル人）との交渉が進んだ。その結果、ロシア人は一見ヨーロッパ人のようなエレガントさがあるものの、その奥には残忍なタタール人が潜んでいるという意味である。

79. **友人のディロン氏**：庶民党議員のジョン・ディロン（一八五一―一九二七）のこと。ムッラーはソマリランドの独立と厳格なイスラム教の普及（キリスト教の影響力の排除）を掲げ、イギリスと交戦中だった。ムッラーはイギリス政府や議員たちに手紙を送っている。その内容の一つについては一九〇九年三月の国会でアイルランドの独立を支持するディロンが証言した。それはムッラーと三ヶ月間一緒にソマリアで過ごして欲しいというものだった。

80. **現れないと言われていた**：厳格なイスラム教徒にとって、ヨーロッパの食事はデザート以外に食べられるものが少ないと言われる。だが、このリーダーが遅れたのは宗教的な理由ではなく極端な生活の乱れのためだろう。

81. **クレム・ド・マント**：ミント・リキュールの一種。スピリッツに乾燥したミントの葉を浸け、ろ過して砂糖を加えた飲み物である。

82. **なぜ鶏は道路を渡るのですか？**：アンチ・ジョークの代表的なもの。英語圏ではよく知られている謎々である。その答えは「向こう側に行くため」である。ひねりを一切効かせないところにこのジョークの面白さがある。十九世紀半ばにミンストレルの舞台で用いられて広まったとされる。オットーのこの発言は、彼に忍耐力がなくなったことを示すものだろう。オットーは侵攻の問題に直接の言及はしないまでも、気の利いた外交辞令を言う余裕が無くなっている。

83. **あなたの答えは？**：よくある数学のトリック。思い浮かべた数字が指示された計算の結果出てくるというのがミソだ。しかし、オットーが言った通りのやり方では出てこない。誰もが聞いたことのある使い古されたトリックを出すところに外交的洗練を無視した態度が表れているが、その中身が間違っているところにオットーの焦りが見える。前出の鶏の例を出した時よりも、さらに追い詰められているようだ。

84. **サフラジェット**：主には一九〇三年に設立された女性社会政治連盟の会員のこと。この名称は参政権を意味する「サフレージ［suffrage］」に由来する。政治家に働きかけて法案を出すという初期の活動は、非効率であると考えられるようになり（特に自由党のアスキスの反対が大きかった）、暴力化した女性社会政治連盟が登場した。その彼女たちを揶揄する意味で保守派の『デイリー・メール』紙によってこの名前がつけられた。だが、それを肯定に捉えた彼女たちは、自らもそう名乗るようになった。

85. **高く飛べば少なくなるから、ですよね？**：ナンセンスなジョークである。現在でも使われることのジョークにはバリエーションが複数ある。よく知られるのは「回転したらネズミはネズミか」というなぞなぞで、答えは「高くなると少なくなる」となる。質問の意図も答えも分からないというのが、このジョークの面白さだ。ここでオットーが答えの部分、換言すれば、オチの部分だけを取り上げているのは、このジョークで相手を楽しませる意図は一切ないことを意味しているだろう。

86. **トランパー**：ヴィクター・トーマス・トランパー（一八七七－一九一五）のこと。クリケットの黄金時代（一八九〇－一九一四）を代表するオーストラリアの選手である。打者として有名だった彼がバットを振る姿はエレガントだと言われた。

87. **広大な平原**：現在はキングズ・カレッジ・ロンドンのキャンパスがあるエリアのこと。本作発表当時は舗装された広場だった。

88. **ペルシャ王の訪問**：ガージャール朝第五代シャーのモザッファロッディーン・シャー（一八五三－一九〇七）が、一九〇二年にイギリスを訪問した時のことだと思われる。彼はエドワード七世の戴冠式に合わせてイギリスに来たのだが、その訪問先の一つであるクリスタル・パレスでは、彼を一目見ようと六万人を超える人々が詰めかけたという。

89. **『陽気な未亡人』**：オーストリア＝ハンガリー生まれの劇作品で一九〇七年に初のイギリス版がロンドンのダリーズ劇場で公演された。その内容は莫大な遺産を受け取った未亡人のハンナを中心に繰り広げられる。ハンナは周囲の人々からさまざまな計略を仕掛けられるが、誰にも騙されることなく、一人の男性と真の愛情で結ばれる、というものだ。当時は大変な人気となった作品である。例えば、一九〇九年一月の『レフリー』紙ではすでに「十八ヶ月も上演されていて劇場の常連客なら百回は見た」とある。この記事からその劇の人気ぶりが分かるが、それと同時にすでに飽きられていたことも分かる。とはいえ、初めて観る人ならば楽しめたに違いない。

90. **セルフリッジ**：ロンドンを代表する百貨店の一つ。最初の店舗はオックスフォード通り（訳註114「オックスフォード通り」を参照）に一九〇九年三月にオープンしている。創業者でアメリカ出身のハリー・セルフリッジは消費主義がアメリカだけに当てはまるものではないと考え、ロンドンでも同様の事業を展開する。買い物は家事仕事の一つと考えられてきたが、彼は一種のレジャーとなるよう百貨店を設計した。やがてその方針は世界中の百貨店で採用された。セルフリッジはこの作品が出る一月ほど前に開店したわけだが、一列の四分の一という広告サイズ、しかも週刊誌二誌にしか載せないというのは随分小規模であろう。

91. **ペレット**：水で溶かして使う小さな粒状のインク。新聞広告では一八八一年よりロンドンのヌビアン社が販売していることが分かる。おそらくその頃に商品化されたものであろう。第一次大戦前後にはインク・タブレットという名称でも同様の商品が出ている。使い方は水に溶かしてそのまま万年筆に入れるか、専用の万年筆にペレットを入れ、それから水を入れて使うかのどちらかである。

92. **ブラック・ハンド**：ニューヨークで活動していたイタリア系ギャングのこと。脅迫で得た金を主な収入としていた。脅迫する相手は、同じイタリア系アメリカ人が多かったようだ。彼らのやり方は徹底しており、要求に応じない場合は殺人や放火なども行った。なお、ユダヤ人も同様の組織を作りイディッシュ・ブラック・ハンドと呼ばれていた。

93. **安煙草**：原文ではウッドバインとなっている。イギリス製の両切り煙草。二十世紀初頭にはこの銘柄が労働者の間で人気だった。また第一次大戦で兵士たちが愛飲していたことも有名である。

94. **ラッドブリック・グローブ**：ハイド・パークの西にある通りとその地域の名前。ケンジントン・アンド・チェルシー王室特別区にあり、多くの大使館が並ぶ高級住宅地。ノッティング・ヒルもこの通りにある。

95. **イーン、ゴンニャーマ、ゴンニャーマ**：ボーイスカウト運動の創立者ロバート・ベーデン＝パウエルが導入したズールー語の歌。「イーン」は定冠詞の「イン」、「ゴンニャーマ」はライオンの意味である。

96. **ヤブー！　ヤブー！　イン、ボーブー**：「ヤブー」はその通りという意味で、「イン」は定冠詞、「ボーブー」はカバである。

97. **マフェキング**：訳註1「ベーデン＝パウエル将軍」を参照。

98. **インジュン**：ネイティブ・アメリカンの蔑称。

99. **グランダルメ**：もともとは一八〇四年にナポレオンがイギリス侵攻のために編成した十万もの大軍のこと。その後は、それに他国の軍も加わった。一八一二年のロシア侵攻前がその最盛期で、フランス軍を中心に六十万もの兵力を擁した。

100. **ガゼカ**：パプア・ニューギニアで目撃されたという巨大なナマケモノのような未確認生物。一九〇五年にジョージ・グレーブズという喜劇俳優が劇の合間にガゼカという生き物についての小話を披露したところ、多くの人の想像力を掻き立てた。あまりにも話題になり、想像上のガゼカは商品のマスコットとしても利用されることとなった。

101. **戦闘の舞**：ベーデン＝パウエルがズールー族の儀式に着想を得て創作したダンス。

102. **エイブラハム・コーエン**：ここに出てくる一族はみな架空の人物。ここで揶揄されているのは当時のユダヤ人の処世術である。コーエンの息子たちはみな姓を少し変えている。

103. **ダートムーア**：デボン州にある湿原地帯。観光地として人気がある。

104. **ゴブリン**：サブリン金貨のこと。かつてポンド金貨はライミング・スラングで「ジミー・オー・ゴブリン」と呼ばれていた。

105. **舞台役者連盟**：ミュージック・ホールの役者・歌手で構成される労働組合。一九〇六年に水鼠兄弟大教団（次註を参照）が中心となって設立した。舞台人の待遇改善を訴えるこの連盟は結成からわずか数週間で四千人の大所帯になった。

106. **水鼠たち**：舞台役者などを支援する水鼠兄弟大教団（グランド・オーダー・オブ・ウォーター・ラッツ）という慈善団体の会員のこと。一八八九年に発足したこの団体には、役者としてそれなりの地位のある男性だけが入会できる。水鼠という名前についてだが、水鼠の別名は vole であり、これは love のアナグラムとなることから兄弟愛の精神を見出すことができる。また鼠を意味する rats は逆から読めば star となり芸人にとって縁起が良い。このような偶然からこの慈善団体の名前が付けられた。この名前が誕生した逸話も付け加えておきたい。ジョー・エルヴィンとジャック・ロトという芸人はポニーを飼い、そのポニーが獲得したレースの賞金を貧乏な劇団員のために使っていた。ある日ポニーが雨でずぶ濡れになっていたところ、通りかかった馬車の御者が、水鼠みたいだと言ったという。それに着想を得て、さらに上述の理由から水鼠という名前にしたらしい。ちなみに大教団という割に会員数は少ない。とはいえ粒揃いの会員たちがいるこの団体の業界における影響力は大きかった。

107. **ハリー・ローダー氏**：ハリー・ローダー（一八七〇–一九五〇）は当時の代表的な役者・歌手。彼はミュージック・ホールとアメリカのボードヴィルの両方で人気があり、最も出演料の高いことで知られていた。一九一一年に出た彼のレコードは一〇〇万枚を売り上げている。また彼は、出身地であるスコットランドの正装をして出演することで知られていた。

108. **ジョージ・ロービー**：ジョージ・ロービー（一八六九–一九五四）は本名をジョージ・エドワード・ウェイドといい、ミュージック・ホールの役者として当時の代表的な人物。中年女性の格好をして芝居や歌を披露することで知られていた。

109. **ハギス**：スコットランドの伝統料理。ミンチにした羊の内臓、玉ねぎ、オートミール、スパイス、スープストックなどを胃袋（あるいはそれを模したもの）に入れて茹で上げる。文献上のハギスは十五世紀にまで遡ることができる。

110. **デ・フリース**：エイブラハム・ウォルター・デ・フリース（一八七〇–一九三五）は劇場経営者であり、保守派の政治家。最盛期の一九一四年には十八もの劇場を経営していた。

111. **T・E・ダンヴィル氏**：本名をトマス・エドワード・ウォレン（一八六七–一九二四）といい、

当時を代表するコメディアン。彼の衣装は六対四でくっきり分けた黒髪のカツラ、大きなボタンがついたぶかぶかのジャケット、大きなブーツという奇妙なもので、どの役でもこの格好をしていた。また断音でセリフや歌を発声するのも特徴的だった。

112. **スパークリング・リマドー**：レモネードの俗称。一九〇〇年代に使われていた言葉だがその後は廃れている。

113. **サイト・スクリーン**：クリケットで投手の背後に設置する自立式の白いスクリーン。これを設置することで打者はボールが見やすくなる。

114. **オックスフォード通り**：ヨーロッパで最も人通りが多いと言われる通り。多くの店舗と買い物客で賑わう。トッテナムとは十二キロほどの距離がある。

115. **滅茶苦茶にしてやれ。芝居用の軍用犬どもを解き放て**：これはシェイクスピアの『ジュリアス・シーザー』第三幕第一場でマーク・アントニーが語るセリフを変えたもの。「芝居用の」という言葉が付け足されている。シーザーが殺害された現場に現れたアントニーはブルータスらと握手し仲間となる。だが、その殺害者らが退場した後、シーザーの無念を思う彼は、凄惨な復讐を予言する。

116. **あまりに卑猥な小説**：これはヒューバート・ウェールズ（一八七〇-一九四三）による一九〇九年二月に出版された『ヒラリー・ソーントン』のことだと思われる。その内容は、文才がありながらもそれを無駄にしながら法律事務所で働く若い男性のヒラリー・ソーントンをある女性作家が見出し、作家になるための手解きをするという内容。彼女のアドバイスは肉体的に行われることが多く、その内容は卑猥である。

117．**エドガー・シェパード名誉神学博士**：ジェームズ・エドガー・シェパード（一八四五－一九二一）のこと。彼がウェールズの作品に言及したかは未詳。しかし詳細な性的描写が多分に含まれるこの作品を、イギリス聖公会を代表する彼が非難することは十分に考えられる。

118．**ズアーブ隊**：ズアーブ隊とはフランス領のアルジェリアで誕生した軽歩兵連隊のこと。アルジェリアのズワワ族から誕生した篤志隊を母体に、フランスが歩兵部隊を創ろうとしたことからこの名前が付けられた。当初はズワワ族の兵士を採用していたものの、部族が全体に占める割合は除々に減っていき、最終的にその構成はほとんどがフランス人かフランス系の兵士となった。フランス陸軍中、もっとも多くの勲章を得た部隊の一つである。またその北アフリカの風俗に由来する特徴的な軍服でも有名。

119．**オルレンドルフ的**：ドイツ人言語教育者のハインリッヒ・オルレンドルフ（一八〇三－一八六五）が開発した外国語教育法のことを指している。彼の方法は十九世紀の中頃からフランスを中心に広まり、外国語学習の「近代的方法」ともてはやされていた。しかし口語を反復して覚えるという彼の方法は実用性に乏しく、次第に滑稽なものとして認知されるようになっていった。

120．**ドン・コサック軍第八団と第十五団**：南ロシア人やタタール人などで構成される軍団のこと。ロシア南西部のドン川流域を拠点としていた。

121. **ギャラリー席**：最上階の席で舞台から見えづらい場所。ピット席と同様、入場料が安い。
122. **ピット席**：もっとも高価な一階席の後ろに位置する席で、椅子ではなくベンチなどが置かれている。舞台から遠くギャラリー席同様、入場料が安い。
123. **バート・ケネディ氏**：バート・ケネディ（一八六一－一九三〇）は放浪ものの作品を得意とした作家。リーズに生まれた彼は幼少期に母親とマンチェスターに移り、八歳から紡績工場へ働きに出される。生活は仕事のために朝五時過ぎに起き、午後二時から四時半まで学校に通うという過酷なものだった。そして十歳で学校を辞めるとフルタイムの工員となり、十七歳で国を出るとアメリカの様々な地で浮浪者や肉体労働などをする。アメリカに渡った時は文盲だったが独学で文字を覚え、三十二歳でイギリスに戻ると執筆活動に専念するようになる。アルフレッド・ハームズワス（訳註66「『アンサー』紙」を参照）に見出された彼は一時期デイリー・メールの社員になる。
124. **カーメリット・ハウス**：これはロンドンのカーメリット通りにある建物でデイリー・メールの本社として使われていた。
125. **ステップ**：ユーラシア・ステップのこと。単にステップとも呼ばれる。ウクライナからモンゴルに至る広大な草原地のことで、この一帯では騎馬民族が栄えた。
126. **ベルグレイビア**：セントラル・ロンドンにある高級住宅地。
127. **もっとも早いのは**：現代でも使われるジョークの一つ。一九〇〇年代には定番のジョーク（ストック・ジョーク）の一つとなっており、さまざまなバリエーションがある。例として「ここから一番早く電車の駅に行く方法を教えてくれる？」と大人に聞かれた少年が「走れ！」と答えるものがある。他にも、ある男が警察官に「近くの病院に行くのにもっとも早いのは？」と尋ねると警察官は交通量の多い車道を指差し、「この道を渡るといいですよ」と答えるものなどがある。ここで公子はオチをすぐに言っていることから、相手を笑わせる意図はまったくないことがわかるだろう。作品第一部で侵攻軍の代表者たちが会談した時と同じである。

128・**太陽は東から昇りますが**：これもストック・ジョークの一つ。これに続くのは「パンはイーストで膨らむ」というものである。「昇る」と「膨らむ」はどちらも rise という動詞を使い、「東」の east とイースト菌の yeast は同じ発音である。初出は未詳。公子はオチを「沈みます」と変えて笑えないものにしている。

129・**雌鶏**：太陽が「沈む」ことに set という動詞を使うが、この言葉は雌鶏が卵を抱くことにも使われる。

130・**脚が黄色で成長が早い**：アンブローズ・ビアス（一八四二―一九一四？）の『空っぽのドクロに張った蜘蛛の巣』（一八七四）に収録された「ザンブリの寓話」からの引用である。この物語は、打ち捨てられた見張り塔で孤独に魔術を研究して森の王者となったキツネが、他の動物に難題を吹っかけるというものである。キツネはある日、他の動物を塔の下に集めた。自分以外の動物を無学だと見下す森の王者は、集まった彼らに次のように命令する。「私に知恵を与えてみよ、もし与えることができなければ塔から落とす」と。恐る恐る塔を登り、有用なことを言おうと試みる動物たちだったが、成功するものは現れず、一匹ずつ塔から落とされていく。そして、ある猫が塔に入ろうとした時、通りがかった一匹のキツネが猫に耳打ちをする。塔の頂上にきた猫が「南向きの小屋にいる雌鶏の雛は成長が早い、そして脚が黄色い」と叫ぶと、魔術使いのキツネは感心し、集まった動物たちをみな解放する。この話の教訓は、孤独に本ばかり読んでいると、他者を無知だと蔑むようになるばかりか、生活の知恵に疎くなってしまうというものだろう。

131. **エミール・ライヒ博士：**エミール・ライヒ（一八五四―一九一〇）はオーストリア生まれの歴史学者。ヨーロッパの古代から近代までの広範囲な歴史に精通する彼は、ケンブリッジの近代史を教えていたアクトン卿からその博学を買われ、『ケンブリッジ近現代辞典』の「ルネッサンス」の項目の執筆を任せられる。彼は一九〇六年にロンドンのホテルでプラトンの講義を行うが、それが話題となり、イギリスの上流階級の間でも広く名を知られるようになる。その翌年に発表した『独逸の誇大妄想』はベストセラーとなりエドワード七世までが読んだほどだった。

132. **サリービー博士：**カレブ・サリービー（一八七八―一九四〇）はイギリスの外科医でジャーナリストだった人物。優生学に傾倒し、その影響力の大きさから一九〇七年に優生学教育学会が発足するきっかけにもなった。

133. **サンドウ：**ユージン・サンドウ（一八六七―一九二五）はドイツ生まれのボディービルダー。彼は一九〇一年に世界初と言われるボディービル大会をロンドンのアルバート劇場で開催し、コナン・ドイルらとともに審査員を務めた。

134．**キオザ・マネー氏**：レオ・キオザ・マネー（一八七〇－一九四四）はイタリア生まれの経済学者で政治家。学者としての彼の業績には『富と貧』（一九〇五）があり、統計資料を用いてイギリスの富がいかに偏っているかを明らかにした。政治家としては一九〇六年に自由党から出馬し庶民院の議員となった。

135．**グローブ男爵夫人**：アグネス・ジェラルディーン・グローブ（一八六三－一九二六）は男爵家出身の作家。彼女は女性参政権運動の支持者で、女性の権利、不平等について主張する『人間としての女性』という本を一九〇八年に出版した。反ワクチン活動家でもあり、一九〇五年には息子にワクチン接種をさせなかったことを問われ裁判にかけられた。同じ年には、タクシー料金の支払を拒否した上に、運転手に暴行して訴えられたりするなど、何かと話題になった人物である。

136．**エドガー・ウォーレス**：リチャード・ホラティオ・エドガー・ウォーレス（一八七五－一九三二）のこと。ミステリー作家・脚本家として日本でもよく知られている人物だが、当時は『デイリー・メール』紙の従軍記者として知られていた。とはいえ彼は一九〇七年にこの新聞社を解雇されており、この作品が出版される直前の一九〇八年ごろはさまざまなミュージック・ホールで講演を行っていた。

137．**スティープル・バムステッド**：エセックスにある小さな村。ロンドンの中心地から北東に八十キロほど行った場所にあり、徒歩でおよそ十六時間の距離。なおロシア軍の駐留地であるハムステッドはロンドンの中心地から北西に七キロほど離れた場所である。

138．**ベネット・バーリー：**ベネット・バーリー（一八四〇－一九一四）はイギリスの著名な従軍記者。『デイリー・テレグラフ』紙の記者として一八八一年にスーダンのマフディー戦争、翌年のアレクサンドリア砲撃などを取材した。一八八五年にはマフディーに包囲されたゴードンとその守備隊が虐殺されたのを最初に報じている。

139．**A・G・ヘイルズ：**アルフレッド・グリーンウッド・ヘイルズ（一八六〇－一九三六）はオーストラリア生まれの記者で小説家。彼は冒険小説家として名声を得るかたわら、イギリス軍の従軍記者としてボーア戦争を取材した。記者という立場ながらイギリス軍の作戦を痛烈に批判したが、このことで世間の注目を浴びるようになる。この戦争ではボーア軍の捕虜となり、戦争が終わるまで解放されなかった。

140．**フレデリック・ヴィリアーズ：**フレデリック・ヴィリアーズ（一八五一－一九二二）は戦争画家。トルコ、アフガニスタン、エジプト、スーダン、セルビアなど世界各地の戦争を記録した。またマフディー戦争では当時珍しかった撮影機を用いて、ナイル川で起こった船の爆発映像を撮影した。

141．**チャールズ・ハンズ：**チャールズ・E・ハンズ（一八六〇－一九三七）はバーミンガム生まれのジャーナリスト。『デイリー・メール』紙の記者として活躍した。現在ではほとんど記録の残っていない記者であるが、「チャーリー・ハンズに近い出来栄え」という言葉があり、これはユーモアがあって一風変わった記事に対する最高の賛辞だったそうだ。彼は米西戦争や日露戦争、ボーア戦争、ロシア革命などを取材した。エドガー・ウォーレスの同僚である。

142．**クロイドン**：当時はサリー州に属していたロンドン南部の町。ロンドンの中心地から南に十七キロほどの場所にある。

143．**リッチモンド**：ロンドン南西部の地区。ロンドンの中心地からは十四キロほど離れた場所にある。

144．**ジャック・ストロー城**：ロンドン西部にあったパブ。歴史は古く十八世紀の初頭にはすでに営業していたとされる。チャールズ・ディケンズが食事をしたことでも知られており、また『ドラキュラ』ではヴァン・ヘルシングがここで食事をする場面もある。現在は空室となっているこの建物は「特別に重要な建造物」としてイギリス指定建造物二級に指定されている。

145．**バチェラーズ**：十九世紀後半から二十世紀初頭にかけてロンドンにあったクラブ。独身男性のみが入会することができた。第一次大戦後に設立されたバックス・クラブに多くの会員を取られ廃業した。バックスとともにウッドハウスの作品に登場するドローンズ・クラブのモデルの一つ。

146．**キルケニーの猫**：アイルランドの寓話に登場する猫。尻尾をつながれた二匹の猫が激しい喧嘩を続けて、とうとう尻尾だけになってしまったというもの。日露戦争に際しては両国がキルケニー猫にたとえられるなど、潰し合うように戦うことを表す言葉として使われるようになった。

『次の侵略』

1. **社会派劇の企画**：これは一九〇三年四月に「近日公開の社会劇」という題でウッドハウスが『パンチ』誌に寄稿したもの。上流階級を含め多くの女性がタトゥーを入れたり、あるいはタトゥーを学んで人に彫ったりしている、という報道に着想を得た劇の素案だ。内容は以下の通り。ハンサムで高い道徳規範を持つ青年実業家の主人公は、タトゥーのある美しい女性の求愛に応じる。タトゥーを嫌う主人公だが、彼女の女性的な魅力に負け、結婚を決意する。そこにこの女性を狙う金持ちで俗物の男性が現れる。彼は自分が持つ劇団に彼女を入れて巡回公演をしようと企んでいるのだ。この男は二人の仲を引き裂くために、女性のこめかみにあるイニシャルのタトゥーは、彼女が愛する男のものである、と仄めかす手紙を主人公に送る。女性のこめかみを確認したこの主人公は彼女と別れる決意をし、行く当てのなくなった女性は、週給二ドルで劇団に身売りをすることになる。しかし、その契約を交わす土壇場になり、真相を知った主人公が彼女を救い出すというもの。あくまでメモ書き程度の内容の企画であり、その「社会劇」が完成したかは不明。

2. **小説群**：侵攻小説などと称される、外国軍が（例えばイギリスに）侵攻してくる小説ジャンルのこと。現在から数年先など、近未来の時間設定をしている場合が多く、当時の情勢を反映した予測が多分に含まれる。

3．**ハワード・ヴィンセント卿**：チャールズ・エドワード・ハワード・ヴィンセント（一八四九－一九〇八）のこと。彼は軍人から弁護士になり、保守党に属して庶民院の議員を務めた人物。外国人排斥を唱える運動をした初めての国会議員である。

4．**見習う傾向**：バンク・ホリデーについて述べている箇所。本編訳註29「バンク・ホリデー」を参照。

5．**アーサー・ボーシア氏**：アーサー・ボーシア（一八六三－一九二七）は俳優をしながら劇場の支配人をしていた人物。ウエスト・エンドでいくつもの有名な劇場を経営しており、後述のギャリック劇場はその中の一つである。

6．**ケーン・ヒル病院**：ロンドンのクロイドン区（当時はクロイドン郡）にあった有名な精神病院のこと。サリー郡の第三精神病患者収容所として誕生し、一九〇三年当時はロンドン郡議会が運営していた。

7．**ギャリック劇場**：『ミカド』の脚本家などで知られるウィリアム・ギルバートが出資して作った劇場。一八八九年に営業を始め、ヒット作をいくつも上演する人気の劇場だったようだ。一八九〇年代後半からは客足が遠のき、廃業の危機に瀕していた。この劇場をボーシアは一九〇〇年から借り受け、経営を軌道に乗せることに成功した。ギャリック劇場は現在もウエスト・エンドで営業を続けている。

8．**「ホック」**：ドイツ語で歓迎を表す言葉。当時のウェイターにドイツ人が多かったことを茶化しているのだろう。またこれはドイツ産の白ワインという意味もある。

9．**『青い破壊』**：このタイトルには複数の意味がある。Blue Ruin というのが原文だが、「徹底的な破滅」と酒の「ジン」という両方の意味がある。十九世紀初頭、質の高いジンには青いリボンを付け、他の商品との差別化をはかっていたそうだが、安いジンを飲み続けたことで皮膚が青くなる、とも言われていた。それゆえ品質に関わらず、ジンと青色は関連付けられるようになった。ジンは安くてアルコール度数が高いゆえ、人生の破綻を連想させたことも想像に難くない。とはいえ、この言葉がタイトルに用いられた大きな理由はドイツ軍とフランス軍の軍服の色だろう。

10．**市内の活動**：ロンドン州議会が一八九八年から行っていた第二次スラム浄化活動のこと。本編訳註72「街づくり計画」を参照。

11．**ウィンストン・チャーチル氏**：チャーチルは陸軍騎兵隊所属を経て報道記者となった。ボーア戦争を取材し、そこで現地民に襲われて捕虜となったが、収容所から脱出することに成功した。この時の脱出劇は大いに話題となり、本国で人気を博すようになる。彼は戦争体験をもとに数冊の本を書いているが、それを以て戦争のエキスパートを自負していることをここで揶揄している。

12．**ユリウス・シース氏**：ユリウス・シース（一八六三―一九三九）はドイツのサーカス団の調教師。一九〇〇年にロンドンのヒポドローム劇場で公演を行った。ライオンを一度に二十頭以上も操る芸を披露した彼は大変な人気者となった。一九〇三年のイギリス公演では、自動車にライオンを乗せて自ら運転するというショーで観客を楽しませた。

13. **ストランド：**ロンドンの中心地にある通り。西端はトラファルガー・スクエア、東端は主要な新聞社が立ち並ぶフリート・ストリートを範囲とする。テムズ川のそばであり、またその支流の地下河川であるフリート川もあったことから、ネズミの多かった場所である。

14. **ヘンリー・ウィリアム＝ジョーンズ：**署名はこの通りだが、この記事が掲載された『パンチ』誌の合巻本（一二四巻）の巻末には、P・G・ウッドハウスが著者であることが記されている。一九〇三年にウッドハウスは『パンチ』誌に詩や物語など多くの投稿をしている。そのほとんどは匿名でなされたものだが、手紙形式の投稿に限ってはヘンリー・ウィリアム＝ジョーンズという名前を何度か用いている。

『アメリカへの軍事侵攻』

1. **『マクルアーズ』誌：**一八九三年に創刊されたアメリカの月刊誌。社会の不正を暴くことを使命とした調査ジャーナリズムの草分け的な存在で、スタンダード石油会社の違法な経営を暴露するなど一九〇〇年代に高い影響力を誇った雑誌だったが、調査力に優れた主力メンバーが去った一九〇六年以降は文芸誌へと方向転換した。

2. **「ツェッペリンの襲来に備えて」…など：**ウッドハウスはどちらの論説も書いていない。しかし本書の執筆当時は第一次世界大戦のさなかにあり、アメリカは英独によるプロパガンダ合戦の主戦場だった。そのためこのような類いの記事はありふれていた。多くはイギリス政府やその関係者が依頼したプロパガンダ記事か、参戦派の識者が自主的に寄稿したものである。

3．**キュー・ガーデン**：ニューヨークのクイーンズ区にある高級住宅街。イギリスのキュー・ガーデンを冠した命名からわかるように、建物などはイギリス風である。ここは両軍の代表が会談したリッツから東に十五キロほどの場所にある。

4．**ヨンカーズ**：ニューヨークのウェストチェスター郡にある街。工場などが多く、治安の悪い地域とみなされていた。リッツからは北に二十キロほどの場所にある。

5．**社交ダンス**：原文ではフォックストロット。社交ダンスの一種目で四分の四拍子、あるいは二分の二拍子のステップである。社交ダンスにはターキートロットやグリズリーベアなど動物の名前を冠したスタイルが多いなか、これはキツネとは無関係で、考案者と言われるハリー・フォックスの名から付けられたらしい。

6．**ヴァーノン・キャッスル夫人**：アイリーン・キャッスル（一八九三―一九六九）のこと。彼女は夫のヴァーノンと共に当時一世を風靡した社交ダンサー。社交ダンスの世界的なブームを起こし、そのファッションも大きな注目を集めた。

7．**ポロ・グラウンズ**：マンハッタンに存在した野球場。複数形になっているのは三つの球場が近接して存在したためである。もともとポロの競技場として建設されたことからこの名前がついた。本作発表当時はニューヨーク・ヤンキースが本拠地としていた。

8. **グラマシー・パーク**：マンハッタンにある私設公園。利用するには近隣の住民であり、かつ高額な年間利用料を支払う必要があるなど、限られた人を除いて立ち入ることができない。広さは二千四百坪ほどである。

9. **フォレスト・ヒルズ**：キュー・ガーデン同様、ニューヨークのクイーンズ地区にある高級住宅街。過密するニューヨークの住宅問題を解決すべく、一九〇九年よりイギリスの田園都市をモデルに開発された。そのためイギリスの古風な家を模した家が多く建てられた。

10. **キース・サーキット劇場**：これは後に出てくるオルフェルム劇場とともにアメリカでもっとも大きなボードヴィル劇場チェーンである。シカゴの西側以西はオルフェルム、東側はキース・サーキットという具合にボードヴィル業界を二分するライバル関係にあった。

11. **アル・ジョルソン**：アル・ジョルソン（一八八六-一九五〇）は本名をエイサ・ヨールソンといい、当時アメリカでもっとも人気のあったミュージカル歌手。ミンストレル・ショーのように黒人の格好をして歌を披露することで知られていた。この作品発表当時、彼がブロードウェイのウィンター・ガーデン劇場からもらっていた出演料は週に二千ドルだったようである。

12. **コディントン**：ニューヨークの六番街にあったランチ・カフェ。

13. **パレス劇場**：一九一三年にできたばかりの新しい劇場だが、作品出版当時はすでにアメリカ一だと言われていた。オルフェルム傘下の一劇場として営業を始め、まもなくキース・サーキットに株の過半数を売却し経営権を譲渡した。このようなことが行われたのは拡大を続けるオルフェルム側が、アメリカ東部を支配するキース・サーキット側に譲歩したという背景があった。

14. **ベヴァリッジ上院議員…など**：ここで挙げられているのは記者や作家、あるいはその両方で著名な人々である。ベヴァリッジ上院議員を除いて、全員が戦争特派員として名を上げている。

訳者あとがき

本書はペラム・グレンヴィル・ウッドハウスによる『スウープ！——イギリスを救ったクラレンスの物語』の全訳である。底本は一九〇九年にオルストン・リバーズ社が刊行したもののファクシミリ版を用いた。また本作品はこれが初めての邦訳となる。

出版経緯

一九〇九年に発表された『スウープ！』は、一般読者はもとより、多くのウッドハウスのファンからも忘れられがちな作品である。ここで簡単ながら『スウープ！』が後年いかに珍重されたかを伝える例を挙げよう。一九六九年、イギリスの『ストーリー・ペーパー・コレクターズ・ダイジェスト』誌で三号

（二七一号から二七三号）に渡って連載された。これは一九〇九年の初版の短縮版である。その紹介文には次のように書かれてある。

六十年以上も前（引用者注・原文ママ）に書かれたものが、今やコレクターズ・アイテムとなった。あまりに希少なために、存分な支払いをするつもりがあったとしても、そもそも見つからないだろう。その作品がこれである。作者の祝福と共に『コレクターズ・ダイジェスト』の読者にお届けしよう。（同、二七一号）

『ブリティッシュ・ジャーナリズム・レビュー』誌で二〇〇四年にイギリスのもっとも偉大なコラムニストに選ばれたキース・ウォーターハウスは、わずか三ペンスで買ったこの作品を大昔に手放してしまったそうである。一九七四年の『デイリー・ミラー』紙では、このことを悔やんでも悔やみきれないと述べている。さらには、「もっとも手に入れるのが困難なウッドハウスの作品が『スウープ！』だ」と述べたのはデイヴィッド・ジェイソンなる人物である。

彼は一九七九年にアメリカで『スウープ！ その他の作品』というウッドハウス作品集を発表した編者だ。

このように『スウープ！』は幻の作品だった。だが、なぜこのような希少性が生じたのだろうか。それは端的に言えば発行数の少なさである。何部印刷されたのか正確な数字は分からない。しかし、ウッドハウスは『七十年以上』（一九五七年）という自叙伝の中で、この作品がいかに売れなかったかを吐露している。それによると、この物語のすべての読者を寝かせてみれば、ハイド・パーク・コーナーからアーリントン通りまでを結ぶほど大人気だったそうだ。残念ながらその距離は八百メートルくらいと非常に短い。寝かせた人間の数を数えれば五、六百人位だろうか。その程度の売れ行きだったのだ。当時の書評を探しても、数えるほどしか見つからない。当然ながらオルストン・リバーズ社は再版を控えた。

しかし『スウープ！』の寿命はこれで尽きたわけではなかった。一九一五年に『ヴァニティー・フェア』誌で、アメリカの読者向けに改変・短縮されたものが掲載された。また、上述した一九六九年の雑誌版や、一九七九年のアメリカ版に加え、一九九三年にはジェームズ・H・ハインマン（ウッドハウスのコレクターでもっとも著名な一人）が亡くなる前年に、自分の出版社から初版のファクシミリ版を五百部だけ刊行出版している。もっとも新しいところでは、二〇〇六年から二〇一〇年にイギリスのP・G・ウッドハウス協会が『スウープ！』を配布した。これは第一号から第七号に分けた小冊子版で、メンバーシップの更新特典である。そしてそれぞれの号の冒頭部分には「イギリスで再販されたことがない希少な作品」という間違った説明文が挿入されている。

こうして『スウープ！』の出版経歴を書いてみると、希少性ばかりが目立ち、刊行されては忘れられていく、という切ないものとなってしまった。では華々しい作家人生を歩んだウッドハウスには似つかわしくない、出版しない方がいい本だったのだろうか？　確かに、オルストン・リバーズ社にとってはそうだったのかもしれない。加えて言えば、ウッドハウスはたった五日間で書いたとも言っている。バリー・フェルプスなる人物は不正確なウッドハウスの伝記を書き、その中で「芸術よりもお金を選んで拙速に書き上げた作品」とまでこき下ろした。

だが、このように非難するのは正当だろうか。この作品のまえがきで書かれた強烈な皮肉を思い出してほしい。愛国心いっぱいの言葉が並び、それを金持ちが住む西ロンドンの防空壕という、イギリス中でもっとも安全な場所から語るのだ。しかもイギリス国内では反独の流れが第一次大戦前にもっとも高まった時期である。その時期に警戒心を煽る人々がどのような人間なのかを、あえて「まえがき」から端的に指摘する暴挙にでたのだ。金儲け主義的に書くのであれば時代に迎合したものになるはずだが、ウッドハウスは逆のことをした。彼の自叙伝で『スウープ！』に直接言及した箇所では「(売り上げを鑑みれば) 双方向的とは言えないかもしれないが、楽しんで書いた」と述べている。また、「書いたことに後悔はない」とも述べている。さらに彼は死後の批判を先取りするかのように「金のために書いたのではない」とも語っている。金を稼がなければならないのは、ほとんどの人にとって切実な問題であり、ウッドハウスだけが例外だったというつもりはないが、それと金儲け主義は分けて考えるべきだ。また、拙速な作品だったかどうかを問うのに、執筆期間ばかりに注目するのも早計だろう。少なくとも出版の六年前には着想を得た作品だ。一気に書き上げることができたのは十分な構想があったからだと考えることもできる。それに拙速な作品という指摘が正しいのであれば、作者本人に自覚がないのはおかしい。ならばウッドハウスがそれから六年も経って『ヴァニティー・フェア』誌にこれの短縮版を送ったことは説明がつかないだろう。

経緯や評価はどうであれ、ウッドハウス本人はこの作品を楽しんで書いたと言っている。作者が楽しんで書いたものを読者が楽しむ。読者は笑顔になり、そして作品や作者は愛される。素晴らしい循環である。ヘッセの『知と愛』に出てくるゴルトムントは芸術家の目的を愛されることだと悟った。芸術と愛が不可分であるならば、ウッドハウスがこの作品で芸術を諦めたなどと、どうして言えようか。

あらすじ

『スウープ！』は当時のイギリスで流行していた侵攻小説をコミカルに風刺した作品である。

この物語は、イギリスの国民的英雄となった少年クラレンスがいかに人々から愛されているかを説明する語りから始まる。主人公のクラレンスはボーイスカウトの総長である。常に祖国の安全に気を配るクラレンスは、新聞の小さな記事からドイツ軍が自分の街に侵攻したことを知る。しかし、敵はドイツ軍だけではないことが明らかとなる。ロシア、スイス、中国、モロッコ、モナコなど合計九つの軍が偶然にも時を同じくしてイギリスを侵攻するのだ。

　当時のイギリスには運悪く国土を守る軍隊がない。唯一残っていたのがボーイスカウトだった。しかしその彼らにもなす術はなく、九つの侵攻軍は無事にロンドンまで兵を進める。そしていくつかの出来事を経て、ドイツ軍とロシア軍を除きすべてが撤退することになる。

　クラレンスの計画はドイツ軍とロシア軍の双方を仲違いさせ、両軍が消耗しきったところで総攻撃を仕掛けるというものだった。クラレンスがそのきっかけを探っているさなか、ドイツ軍のオットー公子とロシア軍のウォッカコフ大公という両軍の総大将がミュージック・ホールに出演する話が持ち上がる。これはクラレンスにとって願ってもない話だった。嫉妬心の渦巻く演劇界で、演者同士を仲違いさせるのは簡単だからだ。

ある日クラレンスのところに一人のスカウト隊員がやってくる。その隊員の情報によれば、オットーの方にはウォッカコフよりも多くの出演料が出ているらしい。これを最大限に利用したいと考えたクラレンスは、劇場界でもっとも影響力のある新聞にその情報を流す。思惑通りにセンセーショナルな記事が書かれ、出演料の話は新聞の発売当日にウォッカコフの知るところとなる。そしてこの待遇の差に嫉妬心を燃やしたウォッカコフは、オットーの舞台を台無しにするため部下の兵士を動員する。

翌晩の舞台は、観客席を埋め尽くすロシア兵の野次によって台無しにされる。犯人の心当たりをつけたオットーはウォッカコフに直接会い、説明を求める。その結果、オットーは二十四時間以内の撤兵を求める最後通告を口頭で行う。だがウォッカコフはそれを即座に断る。こうして両軍の全面衝突は不可避となる。

しかし会戦はすぐには始まらない。というのは、両者が決裂した翌日は週末でスポーツの大事な試合がいくつも予定されていたためだ。ロンドンを戦場とする戦いが起こってしまえば、観客の多くを奪われ大赤字となってしまう。それで興行主の一団が将軍たちと交渉し、戦闘開始が二日間延期されることになる。

　戦闘が始まったのは約束通り月曜日だった。朝から深い霧が発生していたロンドン市内に砲声が響きわたる。だがあまりにも濃い霧である。取材に行こうとした記者たちは誰も戦場に辿り着くことができない。そして目撃者のいないこの戦いはドイツ軍の勝利に終わる。

　ロシア軍を壊滅させたドイツ軍だったが、自軍の損害も大きかった。この機を待っていたボーイスカウトがついに動き出す。彼らはトッテナムに野営していたドイツ軍を夜襲し、全員を捕虜にする。クラレンスはオットーのテントに行き、ドイツ軍が敗北したことを伝え、観念したオットーを連行する。

　場面はミュージック・ホールの舞台に移る。綺麗に着飾った満員の観客の前に司会者が現れ、これからイギリスの救世主が登場すること、その救世主にどのような特技があるか、そしてその救世主の出演料が史上最高額であることを告げる。そしてクラレンスが舞台に現れ物語は終わる。

作品背景

この作品の素案が『パンチ』に掲載されたのは一九〇三年という世紀転換期である。そこでウッドハウスは「数年前まで流行していたあるものを再燃させたい」という想いが執筆の動機だと述べている。「再燃させたい」という箇所は彼独特のユーモラスな表現なので、深くは立ち入らないことにするが、「流行していたあるもの」というのは実在しており、説明が必要だろう。これはイギリスが侵攻される近未来を描く小説群（侵攻小説）のことである。

二十世紀の始まりといえば、英独の建艦競争に見て取れるように、両国の関係が冷え込み始めた時期だ。一八九八年に成立したドイツの第一次艦隊法はイギリスを大いに警戒させたが、一九〇〇年に出された第二次艦隊法は、露骨にイギリスのシー・パワーに挑戦するものだった。さらに一九〇三年といえば、アースキン・チルダーズの『砂州の謎』という作品が発表され話題になった年でもある。ドイツ軍が英国の侵攻を企んでいることを、北海を航海していたイギリス人のヨット乗りが偶然見つけるという物語だ。これは当時人気となり、ドイツ恐怖症の土台を小説の世界でも準備した。ウッドハウスが再燃させたいと冗談で述べたことは、他の作家が成し遂げたわけだ。それはともあれ、イギリスが暗い時代に突入しかけている、という実感が彼にもあったことは間違いないだろう。

あの素案から『スウープ!』が刊行された一九〇九年までの間に、イギリスの世論には大きな変化があった。それは端的に言えば、対独感情の急速な悪化と、国防意識の高まりである。たとえば、『ドイツとイングランド』(一九〇九年)という小冊子が百五十万部を超えるベストセラーとなった。これは社会主義者のロバート・ブラッチフォードが『デイリー・メール』紙に送った一連の論評をまとめたもので、ドイツ帝国がイギリスを破壊すべく準備をしているという内容である。ドイツでは抗議の声が殺到し、事態の収拾を図るべく、エドワード七世が声明を発表したほか、外務大臣のグレイ卿がドイツ政府に弁解したほどである。戦争の機運は民衆レベルで高まっていたのだ。

このような国民意識を正当化したのは侵攻への危機感であり、それを主に養ったのは出版物だった。ブラッチフォードの小冊子から遡ること三年前、一九〇六年に発表されたウィリアム・ル・キューの『一九一〇年の侵攻』は、メディア王アルフレッド・ハームズワスの支援で刊行された。また執筆のアイデアを出していたのは、徴兵制の実現を目指す国民奉仕連盟（ナショナル・サービス・リーグ）の会長だったフレデリック・ロバーツ元陸軍元帥だ。刊行の際には、ロンドンの繁華街をドイツ兵に模した行列が行進するという、独特な宣伝方法を採用した。そうしてこの作品は売れるべくして売れた。作者本人の説明によれば百万部以上売れたそうだ。作品の内容は、ドイツがイギリスへの侵攻を実行し、首都のロンドンを占領したドイツ軍がそこで逆に包囲され、援軍もなく敗北するというものだ。この作品が特徴的なのはイギリス各地に住んでいたドイツ系移民を侵攻軍の尖兵としたという点である。さらにル・キューが執筆以外に行った活動には、ドイツ人のスパイを見つけるというものがあった。これには報奨金を出して、国内に潜むドイツ人スパイについて報告を求めるというもので、数千件の手紙が彼のもとに届いたそうだ。ハームズワスの『アンサー』紙が読者参加型の販売戦略で大成功を収めたが、ル・キューはこれに倣ったのだろう。

ル・キューは時流をうまく捉えた作家だ。しかしル・キューの作品自体がそうであるように、当時はたくさんの侵攻小説が消費物のように次々と出てきては読み捨てられていた。一九〇九年当時はその最盛期である。ウッドハウスがパンチへの手紙で、この種の小説執筆を「生産」と呼んだのは、一九〇三年から振り返った一八九〇年代のことだろう。その頃でさえ、生産という言葉がしっくりいくほどにこの手の小説が乱造されていたのだ。しかし、それが再燃するどころか大炎上したのが一九〇〇年代後半だったのである。

『スウープ!』は侵攻小説を土台に当時流行していた排外主義など、行き過ぎた愛国心を揶揄したものである。ここでは、この作品が取り上げた重要なものについて三点挙げて説明したい。それは、『ハゲタカの急襲(*The Swoop of the Vulture*)』(一九〇九年)、『イギリス男子の家』(一九〇九年)、そして、ベーデン=パウエルの『スカウティング・フォア・ボーイズ』(一九〇八年)である。『ハゲタカの急襲』は記した原題から明らかなように、また、作中でオットーが言及しているように、『スウープ!』というタイトルの元となった作品である。これもドイツ(ハゲタカ)によるイギリスへの侵攻を描いているのだが、意外なことに共通点はそれだけである。『ハゲタカの急襲』は一九一八年という近未来を舞台に、当時の情勢、陸海軍、そして進軍の詳細な描写をする点など、『スウープ!』とは違って真実味に重きをおいた真面目な侵攻小説だ。さらには、民間人に偽装したドイツのスパイが重要な役割を果たす描写があることを考慮すれば、ル・キューに倣っていると言っても過言ではないだろう。いずれにしても、ドイツ恐怖症を売れ行きの拠り所としている点は両者同じである。

また『スウープ!』と『ハゲタカの急襲』は発表時期があまりに近い。『ハゲタカの急襲』は『ピープルズ・マガジン』という週刊誌上で一九〇九年の四月上旬に連載が始まった。一方で『スウープ!』の発売は同じ月の十六日である。これも両者の内容の無関係さを説明する材料となるだろう。

しかし内容が無関係であるならば、なぜウッドハウスは『スウープ!』というタイトルを選んだのだろうか。『ハゲタカの急襲』は連載が始まったばかりだった、ということを念頭におけば、ウッドハウスがこの作品の広告文だけ読んで、中身はほとんど知らなかったという可能性は高い。もしかすると、『ハゲタカの急襲』というタイトルが与えるイメージと、九つもの侵攻軍が攻めてくるという『スウープ！』の内容は合致しているように思えたのかもしれない。『ハゲタカの急襲』を書いたのはジェームズ・ブライスという人物で、多くの侵攻小説を手がけた凡庸な作家である。この作品もわずかな期間だが話題となり、そして消えていった。はっきり言えば消費物である。典型的な侵攻小説であり、連載が始まったばかりの最新作というニュース性のあるこのタイトルは、その流行を端的に表していたと考えたのではないだろうか。それに『スウープ！』で言及される現実の出来事には、当時の人ならすぐに分かる一過性のものが多用されている。侵攻小説をそのような一過性のつまらない流行だと考えるのであれば、このタイトルはなおのことぴったりだろう。

一方で二点目の『イギリス男子の家』という戯曲は『スウープ！』の内容と大いに関係がある。まず『スウープ！』の冒頭、第一章のタイトルは「イギリス男児の家」であり、この劇の名前をほぼそのまま使っている。劇では銀梅花邸（『スウープ！』では金蓮花邸）に住む家主のブラウン氏がディアボロ（空中コマ）に興じる様子や、スポーツに熱心な関心を寄せる長男が家族に新聞を読み聞かせる場面などで始まる。これは第一章の内容とそっくりである。大きな違いは、クラレンスという存在の有無だ。彼がその場に加わることで、この場面には大いに喜劇性が加わるのだ。また、劇中でドイツ兵がブラウン氏の家に入ってくるところはこの劇のクライマックスであり、ブラウン氏の必死の抵抗で侵略者を撃退する。これが『スウープ!』では侵攻軍を歓迎し、強引なセールストークをすることで侵略者を撃退する。

類似点は他にも多いが、両作品とも「霧」の存在が重要な仕掛けとなっていることには言及しておきたい。劇の方では趣味のスポーツ観戦の邪魔となるものでブラウン一家を何度もがっかりさせるのだが、終盤では、侵攻してくるドイツ兵から身を隠す大事な存在となる。一方、『スウープ!』では、もっとも盛り上がるべきドイツ軍とロシア軍の決戦でこれが登場する。しかもただの霧ではなく戦いのロマンスを根こそぎ奪うほどの威力を持った濃い霧なのだ。戦闘の様子を一切見せないという天才的なプロットは、この劇からヒントを得たものではないだろうか。

ちなみにこの劇は軍人だったガイ・デュ・モーリアが執筆したもので、その原作では主人公がドイツ人将校に処刑されるというエンディングだった。だが、彼の弟が主人公の勝利で終わるよう脚本を修正し上演したのである。軍人としての危機感が商業主義的に改変されたものと言えるだろう。しかしこれが時代に歓迎されて大成功を収め、演劇史に残るほどの人気となった。この劇のおかげで、創設されたばかりの領土軍という予備隊への入隊希望者が急増したとも言われる。さらにこの劇は、国防に関する世間の議論を大いに沸かせた。ドイツを危険視するイギリス人の交戦的愛国主義《ジンゴイズム》に大いに油を注いだ反面、怠惰で軍の事情に無知な主人公が勝利する内容には徴兵制推進派からは大いに非難された。賛否両論あれども、人々の口の端に国防の話題を上らせる役割を果たしたことは間違いない。

三点目のベーデン＝パウエルの著書もこの作品と関係が深い。この本の発表も大きな反響を呼び、同年にクリスタル・パレスで行われた閲兵式では一万一千人もの少年が集まった。そんなボーイスカウトは『スウープ！』ではイギリスのすべての少年が加入していることになっている。これがジョークとして成立するほどボーイスカウトの勢いは周知されていたのだろう。クラレンスがボーイスカウトの理想像として描かれているのは作品の内容から明白だが、それをさらに強調するのは、ハリソンの挿絵である。ベーデン＝パウエルの本は書籍となる前に、六つの小冊子版として販売された。その第一部の表紙のイラストで描かれる少年がクラレンスにとても似ているのだ。この少年は腹這いになり、浜辺に上陸する兵士らしき人物を岩陰から観察している。このイラストには、国土を外国から守る義務感を募らせようとする意図があるのは明らかだ。

侵攻小説、『イギリス男子の家』、それにスカウト運動という愛国的流行を代表するものを混ぜ合わせると、これほど滑稽なものが出来上がるという事実は、ウッドハウスの偉大な発見である。単体で見れば、それなりに説得力があるし、三者とも国防の強化という同じ目的を有する。しかし、合わせると互いの矛盾が見えて、それが滑稽なのだ。社会学者のJ・A・ホブソンは行き過ぎた愛国心にはユーモアの喪失があると言った。あのような時代にこそバランサーとしてのユーモアが必要で、その役目を担おうとした作品の一つが『スウープ！』だった。反独的読み物がベストセラーだった時期である。当時のジンゴイズムを揶揄するこの作品の売れ行きが芳しくなかったのは仕方のないことかもしれない。だが、時代に迎合した多くのベストセラーとは違い、この作品は時の試練に耐えて生き残った。そして今日でも読まれる稀有な侵攻小説となったのだ。

おわりに

サキの翻訳本の『ウィリアムが来たとき』を国書刊行会から出したのは二〇一九年のことでした。早いもので、それから五年もの時間が経とうとしています。その間には新型コロナの流行がありました。また、このコロナという言葉は「コロナ前」や「コロナ後」などのように時間を区切る言葉としても使われるようになりました。普通、このような表現は戦争や革命などの大きな変化が生じた時に使うものでしょう。それほどまでにあのウイルスは私たちにとっての試練だったわけです。欧米では日本よりも一足先に「コロナ明け」となり、マスクを外して堂々と外出できるようになりました。すると、ロシアとウクライナの戦争が始まり、またヨーロッパ各地でストライキや暴動も頻発し、さらには、アメリカやイギリスではかつてない規模での窃盗が多発するなど、暴力的なニュースが世界を駆け巡るようになりました。昨年からはパレスチナとイスラエルの戦争も始まりました。近くに目を向けると中国による台湾への侵攻という話が頻繁に聞かれるようにもなりました。三、四年も巣籠りしていた人々のエネルギーが一気に放出されたかのようです。

世の中がきな臭くなっている、と感じたらこの本を読んで、為政者同士の諍いを笑い飛ばしてもらいたいものです。『スウープ!』は第一次大戦に至る愛国的世論が渦巻く中で発表されました。そこではロンドンの一部が灰燼に帰したことを街の浄化の一環として捉えたり、侵攻軍の兵士が人気の見せものとして扱われたり、ドイツとロシアの会戦がスポーツ観戦と同列に語られるなど、当時真剣に議論されていた重大問題を別の角度から捉える天才的な仕掛けがいくつも用意されています。どんな物事にも笑いを誘う側面はあるはずです。『スウープ!』が証明したのは、自国の危機でさえユーモアになり得るということです。

残念ながら、この作品発表後のヨーロッパは第一次大戦に突入しました。また、第二次大戦下のイギリスではウッドハウスは国家反逆者として激しく嫌われました。異端が迫害されることと社会が不健全であることには高い相関があるように思えます。戦時中はもちろんのこと、戦争の色が濃くなれば、異なる意見やものの見方を許さない社会的雰囲気が広がっていくことでしょう。日本は平時でも全体主義的な傾向があるわけですが、少なくとも、こうして『スウープ!』を刊行することはできます。そして、このような作品を笑って読むことができる社会が末永く続くことを願ってやみません。

ウッドハウスの中でも『スウープ!』というマイナーな作品の企画を、営業上の危険も顧みずに通してくれた国書刊行会に謝意を申し上げます。愛国心と道義心のみで刊行のお願いをしましたが、その繊細なお心が喜びで満たされること(黒字になること)を願ってやみません。今回の出版にあたり、多くの有益なアドバイスをくれた編集者の神内冬人さんには大変お世話になりました。この本の中で「読みやすい」、「いい訳だ」と思ってもらえる箇所があれば、それはもれなく神内さんのおかげです。逆に「下手だ」、「金返せ」と思う箇所があれば、それは私の至らなさの一点に尽きます。どうか堪えてくださいませ。

職場である神戸大学大学院国際文化学研究科にも感謝の念を抱いております。

素晴らしい同僚に囲まれ、いい刺激をもらい、そうした一切が、私の研究や今回のアウトリーチ活動にも役立っている次第です。ついでに私の家族への言葉も加えさせてもらいます。家庭が笑顔で溢れているのは美しく天真爛漫な妻のトレイシーのお陰です。妻と、三歳になった息子の宥介、そして今年の三月に生まれた娘の真理は私の生きる目的そのものであり、また活力の源です。

最後になりますが、この本にお付き合いくださった読者の皆さまに心からの感謝を申し上げます。

深町悟

二〇二四年六月

P・G・ウッドハウス（ペラム グレンヴィル ウッドハウス）
1881年〜1975年。イギリスの国民的作家。数多くの長篇・短篇ユーモア小説を著し、黎明期のブロードウェイミュージカルやハリウッド無声映画にも脚本や原作を提供した。
代表的な作品に天才執事が活躍する〈ジーヴス〉シリーズなど。イギリスはもとより各国の幅広い読者に愛読されている。

深町悟（ふかまち さとる）
1980年福岡県生まれ。神戸大学国際文化学研究科専任講師。二十世紀転換期の侵攻小説などを研究。
著書に『「侵攻小説」というプロパガンダ装置の誕生』（渓水社）、訳書にサキ『ウィリアムが来た時　ホーエンツォレルン家に支配されたロンドンの物語』（国書刊行会）。

スウープ！

P・G・ウッドハウス　著
深町悟　訳

2024年６月30日　初版第１刷　発行

ISBN 978-4-336-07505-5

発行者　佐藤今朝夫
発行所　株式会社国書刊行会
〒174-0056　東京都板橋区志村 1-13-15
TEL　03-5970-7421
FAX　03-5970-7427
Mail　info@kokusho.co.jp
URL　https://www.kokusho.co.jp

印刷　創栄図書印刷株式会社
製本　株式会社ブックアート
装丁　山田英春

ウィリアムが来た時

サキ／深町悟訳

四六判／二九六頁／二六四〇円

ドイツ帝国に支配された架空のロンドン。華やかな社交界を舞台に、さまざまな思惑を抱えた人物たちが、したたかな政治劇を繰り広げる……「短編の名手」サキによる、本邦初訳ディストピア歴史ＩＦ群像劇！

ジーヴスの世界

森村たまき

四六判／三五二頁／二六四〇円

《ジーヴス・シリーズ》全十四冊の個人全訳を成し遂げた著者が分かりやすく解説する、ジーヴスとウッドハウスの愉快な世界。だれでも楽しめる最高のガイドブックが、ついに登場。写真図版も多数収録。

上海のシャーロック・ホームズ

ホームズ万国博覧会　中国篇

樽本照雄編訳

四六判／四〇六頁／二六四〇円

ホームズ物語が連載中だった時代に、中国人作家たちによって書かれたパロディがあった！　一九〇四～〇七年（清朝末期）に新聞・雑誌で連載された、ユーモアから本格ミステリまでさまざまなパロディを集めた作品集。

思い出のスケッチブック

『クマのプーさん』挿絵画家が描くヴィクトリア朝ロンドン

アーネスト・ハワード・シェパード／永島憲江訳

Ａ５判／二五六頁／二八六〇円

ヴィクトリア朝のロンドンで少年時代を送った『クマのプーさん』の挿絵画家、Ｅ・Ｈ・シェパードが、当時の街並やまわりの人々を、一二〇点あまりのユーモアあふれるイラストとともにみずみずしく綴る自伝エッセイ。

ユーモア・スケッチ大全（全四巻）

浅倉久志編訳
B6変型判／各三七六・三八〇頁／各二二〇〇円

二十世紀前半のアメリカ雑誌黄金時代に花開いた、洒脱でナンセンスで陽気でハイブロウで皮肉が効いて、なにより笑える読み物、その名も〈ユーモア・スケッチ〉。名翻訳家浅倉久志が精選したシリーズをすべて復刊。

愚か者同盟

ジョン・ケネディ・トゥール／木原善彦訳
四六変形判／五五二頁／四一八〇円

全世界二百万部超ベストセラー＆一九八一年度ピュリツァー賞受賞、デヴィッド・ボウイが選ぶ一〇〇冊。ニューオーリンズを舞台に愚か者達が笑いと騒動を巻き起こす、米国カルト文学史上の伝説的傑作!!

長距離漫画家の孤独　通常版

エイドリアン・トミネ／長澤あかね訳
A5変型判／一六八頁／三九六〇円

洗練されたグラフィック・ノヴェルで知られる、アメリカの人気漫画作家エイドリアン・トミネ。彼がいかにして数多の屈辱・災難を乗り越えて名声を築いたかを、ユーモア溢れるほろ苦いタッチで描く傑作回想録。

風刺画が描いたJAPAN　世界が見た近代日本

若林悠編著
B5判／二二四頁／四一八〇円

世界は日本をどのように見ていたのか。幕末から太平洋戦争期に至る世界各国一五〇点超の風刺画をオールカラーで集成し、時代背景を詳細に解説。「日本」イメージの生成と展開を追う画期的ビジュアル・ブック。

10％税込価格。価格は改定することがあります。